Éditions DIASPORAS NOIRES
www.diasporas-noires.com

© Bocar Gueye 2016

ISBN version numérique : 9791091999700
ISBN version imprimée   : 9791091999694

Date de publication numérique : janvier 2017

Bocar Gueye

Demain... Une Autre
Afrique

*Parfois, il faut toucher le fond
pour aspirer au changement salutaire*

ROMAN

L'ESPOIR entretient la flamme du combattant, **L'AUDACE** aiguise sa **DÉTERMINATION**, la **RAISON** gère sa **PASSION**, sauf que **L'ATTENTISME** et le **FATALISME** confortent **L'INACTION.**

DEDICACES

Je dédie ce livre à mon défunt père Abdoulaye Gueye.

Un homme connu dans le quartier qui m'a vu naître, en tant qu'imam et mécanicien dans l'industrie. Il a toute sa vie travaillé pour rester indépendant jusqu'à la retraite, et combattu l'injustice sous toutes ses formes. Généreux, rigoureux, véridique, il incarnait une certaine autorité morale et religieuse. Il fut à l'origine de la pose de la première pierre de la grande mosquée de Grand-Yoff avec El hadj Seydou Nourou Tall qui tenait l'autre partie de la brique sous les litanies de Serigne Abdou Aziz Sy Dabakh, Thierno Mountaga Tall et plusieurs autres dignitaires musulmans de l'époque. Toujours en première ligne pour défendre les intérêts de la localité face aux prédateurs et spéculateurs fonciers véreux. Nos braves mères et pères ont su instaurer dans ce quartier populeux au cœur de la capitale sénégalaise, un bon vivre ensemble entre gens venus d'horizons divers, et de croyances religieuses différentes.

Mon père avait toujours un bouquin à la main, écoutait la radio mais ne regardait jamais la télé. Je me souviendrai toujours de cette énième inondation qui venait de détruire sa collection de livres qui constituait une partie de sa vie. Ce regard profond et douloureux quand il tâtait les feuilles avec douceur pour ne pas les abîmer, les mains tremblantes sous l'effet de la maladie et de l'émotion. Les rares livres qu'on avait réussi à repêcher et exposer au soleil sur une terrasse voisine, un trésor, son trésor. Ces écrits de plusieurs décennies, témoins d'une longue quête de savoir, religieux, spirituel, scientifique, historique, avec son corollaire de péripéties à l'époque coloniale.

Un parcours d'enfant du Fouta que son père, mon homonyme Bocar Gueye alias Mame Lakh (fils de Tafsir Mouhaji Gueye fidèle compagnon de El hadj Omar Tall qui le baptisa à Nioro et lui donna le prénom de son frère Bocar) arracha de son Taïba Ngueyenne natal pour l'envoyer à Kaolack étudier le coran et la sunna auprès de Khalifa El hadj Mohamed Niass dont il deviendra un « muhaddam ». Il sera à son chevet lors des derniers instants de sa vie. Un lien fort les unissait sous l'aval de son oncle Tafsir Moustapha Thiam disciple d'El hadj Abdoulaye Niass, un autre personnage sur lequel je reviendrai. Non seulement parce que mon grand-père maternel, mais un grand intellectuel, homme de sciences, guide religieux dont les œuvres littéraires sont étudiées et chantées au Fouta. L'une des plus célèbres étant « Cheykhou Tidiani khoutbou rabani bahril ba hori samsoul hiyani, nâla mou naho soumma ta dani hasaka mâla hindal ma nâni, etc... ». Son surnom « Ndiol Fouta », il le doit à El hadj Ibrahima Niass dit Baye qui le considérait comme son propre frère.

Ce père et ce grand-père m'ont certainement transmis cette passion pour la lecture et l'écriture. Ma pensée et mes prières les accompagnent, car ce sont mes sources d'inspiration face aux aléas de la vie. Leurs enseignements, leur générosité, leur courage et leur humilité sont des gages de sérénité, un socle solide pour cheminer droit et fier, même quand le chemin est tumultueux, plein d'embûches...
Un clin d'œil à ma défunte mère Maty Khady Thiam que je n'ai pas eu le temps de bien connaître parce que partie trop tôt, mais son image est ancrée dans ma tête, ses yeux, ses mains protectrices, sa voix rassurante... Tous ceux qui l'ont côtoyée ne cessent de tarir d'éloges à son encontre. Le nombre des ses homonymes en témoignent. Mais j'ai eu la chance de connaître sa mère Maïmouna Seck affectueusement appelée Nène Maï, fille de Tafsir Balla Seck de Mogo (un autre pôle de la région du fleuve), pendant mes séjours au Fouta lors des vacances scolaires. Une femme formidable qui m'a beaucoup appris de la vie, et dans ce livre j'ai essayé de rendre hommage à toutes les femmes du monde en

pensant profondément à elles. A ma grande sœur Maïmouna Gueye alias Debbo partit à la fleur de l'âge comme mon neveu Pape Abdoulaye Gueye... A toute ma famille.

Mes vifs remerciements à tous ceux qui m'ont un jour tendu la main, à tous ceux qui m'ont un jour transmis une onde positive, ne serait-ce que par un simple sourire sincère... Merci du fond du cœur !

INTRODUCTION

On peut se battre pour la LIBERTÉ mais l'ÉGALITÉ et la FRATERNITÉ requièrent un effort consensuel permanent!

La vie est jonchée d'étapes, un marathon avec ses hauts et ses bas, ses remous et ses succès, la solitude, l'amitié et la trahison, jalousie et fidélité, amour et chagrin...

Chaque relation, chaque personne connue depuis toujours ou en cours de route écrit un paragraphe, voire un chapitre intéressant dans ce fameux livre qu'est notre vie. Avec un peu de détachement, on apprend à travers les autres, à travers nous-mêmes, sur nos erreurs, nos succès...

Ceux qui partagent nos peines et nos joies constituent l'essence même de notre vie.

Avoir de l'humilité et de la grandeur c'est d'abord respecter les autres et reconnaître leur mérite même dans l'adversité.

L'ennemi vient toujours de l'intérieur, il coule dans nos veines, développe et entretient complexes et aigreur. Les obstacles, au lieu de nous freiner, de nous tirer vers le bas, doivent nous rendre plus forts, plus déterminés.

Notre court passage sur terre sera rayonnant lorsque de notre cœur jaillira la lumière divine, celle qui nous rendra légers et heureux de voir la réussite autour de nous et surtout de partager le bonheur des autres.

C'est en respectant d'abord ce que nous faisons et en cherchant ce qu'il y a de positif chez les autres que l'on se découvre et améliore ses propres manquements. Nos actions prouvent qui nous sommes, au contraire des discours qui ne font que prouver qui nous voulons être.

Les complexes et l'opportunisme peuvent découler d'un manque de confiance en soi, même si l'estime de ce que tu fais n'a rien à voir avec être imbu de sa personne ; cette forme d'estime de soi qui elle, est une tare, source d'orgueil et de fierté mal placée.
Il est difficile de nos jours de vivre dans la simplicité, de faire les choses comme on les ressent et non comme les autres auraient souhaité qu'on les fasse.

Nous aimons tellement observer les autres au point de passer à côté de l'essentiel, de notre propre vie, captivés par ce que fait l'autre, ce qu'a l'autre, ce qu'est en train de devenir l'autre, ce que devient l'autre...

Nous voulons plaire aux autres en nous inventant des personnalités différentes qui finissent par nous consumer à petit feu.
Ainsi nous devenons notre propre ennemi, trahissant ceux qui nous aiment pour ce que nous représentions.
Peut-être que vivre heureux c'est simplement chercher à nous améliorer humainement en évitant de juger les autres, de réfléchir et de conclure à leur place. C'est aussi vivre notre vie pleinement, chaque jour que Dieu fait, avec l'espoir de lendemains meilleurs, et surtout ne jamais se lasser du combat perpétuel pour faire concrétiser une utopie.

Nous ne serons jamais parfaits, et le plus drôle c'est que l'on est souvent pire que ceux que l'on s'autorise à juger. Alors vivons notre vie, vivons heureux, dans l'humilité et la foi qui est à la base de toute transformation salutaire.

L'homme est censé être un remède pour l'homme. Mais quand l'instinct prend le dessus sur l'humain, il devient un danger pour toute l'humanité.

Ce qui différencie l'homme de l'animal résulte de sa capacité à réfléchir, à prendre de la hauteur, à dominer ses instincts, à se rebiffer contre l'injustice, à entreprendre, à réaliser...

Ces dernières années, le monde qui s'est développé scientifiquement s'est retrouvé en proie aux terroristes de tous genres ; intellectuels de mauvaise foi, manipulateurs incorrigibles au service de la cupidité, fanatiques incultes et illuminés. Un bond de plusieurs siècles en arrière sur la conscience qui est l'âme de la science.

Dans une société matérialiste, où l'individualisme et l'opportunisme priment sur tout le reste, la famille, l'amitié, l'amour... les véritables sentiments perdent leur souffle. On en devient presque nostalgique : des sourires, des éclats de rire sincères, du regard franc, des remarques objectives, de la loyauté...

Difficile pour certains et il est pourtant si simple de souhaiter du bien aux autres. Il serait exagéré de prétendre leur vouloir tout le bien que l'on souhaite pour soi-même, mais juste être heureux de les voir réussir, évoluer, bref partager leur bonheur.

Les belles paroles peuvent apporter le réconfort ou faire naître l'espoir dans les cœurs meurtris, mais l'essentiel repose sur le concret. La vie sera belle quand l'humanisme prendra le dessus sur le matérialisme, lorsque les choses éphémères dont nous nous attachons souvent à la place des êtres chers, se verront rétrograder au second plan, à leur véritable place.

Alors là, les gestes deviendront plus naturels, les regards plus sincères, et les actes seront enfin joints aux paroles, en toute objectivité. On ne confondra plus éthique et étiquette sous la coupole de la foi religieuse ou politique. On profitera d'avantage des instants de bonheur, conscients de la chance que nous avons de respirer la vie, la santé, d'être entourés de gens vrais, honnêtes, aussi peu soient-ils, mais dont l'agréable compagnie nous sert d'équilibre et nous aide à avancer sûrement, le cœur pur, léger, dans une parfaite harmonie avec le corps et l'esprit.

À tous ceux qui traversent le long désert de la vie, cette partie où l'on se sent parfois seul au monde, dans une turpitude jonchée par l'ingratitude et l'hypocrisie de nos pairs, dites-vous que quelques pas plus loin, le bonheur est là, tout à fait accessible. Il suffit d'y croire et de le vouloir. Se complaire dans son malheur est un suicide quotidien. La vie est pleine de rebondissements ; l'ingratitude est un boomerang, l'hypocrisie un cancer. Le présent n'efface pas le passé, qu'il soit glorieux ou non. Les complexes nous freinent !

L'échec des autres ne nous fera jamais évoluer, c'est une hérésie de croire le contraire, comme de se repaître du malheur des autres. Un destin n'est jamais figé pour qui a la foi. On peut trébucher, même tomber ; mais ce sera avec l'arme à la main, toujours prêts à se relever pour continuer notre combat contre toute forme d'injustice.

Paix aux victimes de la barbarie humaine et leurs lots de désolations à travers tous les continents.

Bocar GUEYE

CHAP I

L'HOMME PROVIDENTIEL N'EXISTE PAS, C'EST L'UNION QUI FAIT LA FORCE !!!

Fred se sentait dérangé dans sa lecture par ces voix venues d'ailleurs. Il essaya encore une fois de se concentrer sur ce roman qu'il avait décidé de finir pendant ce trajet Marseille-Paris. Une formidable histoire, à même de le requinquer. Ces histoires d'amour romanesque qui donnent de l'espoir aux cœurs meurtris par une déception amoureuse. Se voir à la place du héros pendant un moment, se détacher du réel, vivre dans le fantasme de l'utopie. Maudite soit la numérotation des billets, sinon, il aurait déjà changé de place, voire même de wagon.

Fred fixait tellement le quatuor de jeunes Africains débattant avec véhémence sur un sujet qui semblait passionnant, qu'ils s'étaient retournés instinctivement vers lui. Il se replongea dans sa lecture comme un gamin surpris en train de faire une bêtise, il sursauta presque. Les jeunes gens reprirent leur débat dans un langage plus feutré, ils semblaient s'écouter maintenant. Ce qui le poussa à tendre l'oreille finement, les yeux faussement rivés sur son bouquin, à quelques rangées de sièges. Pourquoi ne pas essayer de happer le sujet de ce débat passionné, et même quelquefois houleux ?!

Il ramassa quelques miettes de la discussion qui lui soutirèrent un léger sourire. Il repensa au sujet phare de ses nombreux échanges avec son ami Iba, un étudiant africain obnubilé par la volonté de changer les choses chez lui, mais toujours à la recherche de solutions.

Fred et Iba se sont rencontrés à l'université. Au temple du savoir, la connaissance est reine ! Quelle que soit l'origine ou la couleur de peau, l'effort permanent et la volonté infaillible d'être parmi l'élite, priment sur tout le reste. Apprendre, se faire violence pour être diplômé, afin de sanctionner un savoir. La vie nous réserve souvent de ces surprises, et le hasard n'existe pas !

C'est en ce lieu où les esprits habiles comme les esprits rebelles, les esprits ouverts, sains, comme les esprits corrompus et tordus se découvrent, se fabriquent, s'unissent ou se combattent ; c'est à l'université que Fred s'est frotté à la différence !

Ainsi, ce jeune parisien qui a évolué dans un cocon familial qui pourrait bien susciter la jalousie de quelques envieux, se retrouvait face à une mixité obligée. Lui, à qui ses parents avaient offert tout ce dont un jeune de son âge pouvait rêver, notamment une bonne scolarité dans un milieu « sain » où la délinquance n'avait officiellement pas de place. Lui qui a toujours regardé à travers sa fenêtre embourgeoisée, de loin, de très loin ces quartiers dits sensibles. Il n'avait jamais eu à faire avec ces jeunes dits de banlieue, et les quelques personnes dites d'origine étrangère dans son environnement, ont été côtoyées sur les bancs de l'université.

Le début de la cohabitation avec ces quelques personnes étrangères à sa culture occidentale, à son éducation occidentale, et à son paraître occidental, n'a pas été facile. Les maladresses et autres réflexions désobligeantes provenant de certains de ses amis d'enfance envers cette frange d'étudiants étrangers, le mettaient souvent mal à l'aise. Ce qui poussait aux éclats de rire dans son milieu, pouvait devenir choquant, voire blessant, dans cet environnement où le choc des cultures était plus que présent. Une diversité qui pouvait et devait être bénéfique, vu le niveau intellectuel. On pouvait voyager sans bouger, tellement il y avait à apprendre des uns et des autres.

Le milieu d'où il venait avait à tort ou à raison, une certaine influence sur son comportement de tous les jours. Il était prudent envers tout ce qui y était étranger, et émettait des réserves à l'encontre des autres étudiants. Mais un jour, son destin croisa celui d'Iba dans un milieu diamétralement opposé à ce qui pouvait les lier, car leur seul point commun était leur statut d'étudiant.

La nouvelle devise de ce frêle blond aux yeux clairs était devenue : « se réjouir des rencontres et ne pas s'attrister de la séparation. Vivre et profiter pleinement de l'instant présent », parce qu'il venait de traverser le long désert de la séparation avec l'être aimé. L'amour rend vulnérable et naïf. Ah qu'il aurait été plus simple de pouvoir orienter et contrôler son cœur, dompter ses sentiments qui vont souvent à l'encontre de la raison. Son cœur venait d'être émietté par la personne qui lui était plus chère au monde, son amour de jeunesse, Christine. Celle pour qui il aurait tout abandonné, et qu'il aurait même suivie aveuglément jusqu'au bout du monde.

Celle à qui il ne trouvait que des qualités humaines et une beauté physique exceptionnelle. Ce qui justifiait ses lunettes de myope aux yeux d'Iba qui se moquait amicalement de sa « vision poussiéreuse », quand il la lui désigna plus tard.

Ce grand sentimental venait de voir le sol se dérober sous ses pieds, il n'avait pas prévu cette équation, une rupture imprévisible. Elle lui reprochait en gros son manque d'attention, ce qu'il n'arrivait pas à comprendre.

Lui qui se battait toujours pour sortir premier de la classe, lui qui tenait tant à assurer son avenir, leur avenir commun. Christine comptait tellement à ses yeux, qu'il ne pouvait envisager des lendemains sans elle. Un SMS venait de tuer ses rêves de fonder une famille avec elle, sa vision était jugée erronée. Ce qu'il proposait ne suffisait pas, il ne l'amenait jamais danser. Les boites de nuit ne lui disaient rien, mais sa dulcinée qui pourtant acceptait cette situation au début de leur relation, ne le voyait plus de cet œil. Les sorties au restaurant et balades parisiennes faisaient maintenant vieux jeu.

Alors Fred chercha à se réfugier sur tout ce qui pouvait le consoler. Il commença à aller plus loin que la fumette, et devenait petit à petit accro aux drogues dures. C'est pendant l'une de ses visites à son dealer habituel, qu'il croisa Iba sur les lieux. Il l'avait reconnu aussitôt car dernièrement, il passait beaucoup de temps au parc en face de l'université. Toujours dans son coin, écouteurs sur les oreilles, yeux fermés et la tête reposée sur le tronc de cet arbre où il avait l'habitude de s'adosser, assis à même le sol, perdu dans ses sombres pensées.

Il avait fini par remarquer ce jeune Africain, la position pareille que la sienne, à un détail près, Iba n'avait jamais d'écouteurs et ses yeux étaient toujours rivés sur un bouquin. Il devait sacrément aimer la lecture ce gars, pensa-t-il ; ou alors les études, parce que lui en avait vraiment marre et tout le dégoûtait en ce moment. Celle qu'il chérissait tant venait de lui asséner le coup de trop, sa fierté était malmenée et l'ecstasy lui permettait de noyer son chagrin, de vivre dans l'illusion quelques moments. Comme dans son quartier huppé il n'avait pas trouvé de dealer, la périphérie parisienne était devenue sa source d'approvisionnement.

Ce soir-là, des trombes d'eau tombaient du ciel, accompagnées par les rafales de vent qui semblaient balayer le défilé enchevêtré des passants. Fred accéléra le pas au risque de perdre l'équilibre à chaque fois qu'il essayait d'éviter la collision avec le passant qu'il croisait. Arrivé devant l'immeuble presque en ruine où un jeune en capuche faisait le guet, il jeta un bref coup d'œil aux alentours avant de pousser la porte en bois, grinçante à volonté sous le poids de la décrépitude.

Il tomba nez à nez sur Iba qui sortait, leurs regards se croisèrent et ils se dirent bonjour pour la première fois. Fred monta les escaliers au pas de course, et ressortit cinq minutes plus tard, sans oublier de jeter encore ce regard inquisiteur qui en disait long. Iba l'attendait à l'angle de la rue, sous un balcon, à l'abri des gouttes d'eau qui martelaient le sol au petit bonheur. Il interpella Fred d'une manière spontanée, en lui tendant la main.

- Bonjour, c'est Iba.

- Enchanté, Fred. Balbutia ce dernier tout en continuant de marcher.

Alors Iba qui ne lui lâchait pas la main lui proposa de prendre un café, le temps de se sécher un peu puisque la pluie redoublait de plus belle. Fred qui n'avait pas trop le choix, accepta l'invitation, le milieu et l'environnement aidant. N'est-ce pas que l'autre aussi était venu s'approvisionner ?

Une fois dans le café, ils échangèrent sur l'ambiance à l'université, sur les cours, avant qu'Iba n'aborde la question cruciale.

- Qu'est-ce que tu viens donc faire dans ce quartier paumé, parce que ça saute aux yeux que tu n'es pas dans ton univers ?

Fred poussa un long soupir et essuya les gouttes de pluie qui s'obstinaient à lui dégouliner sur le cou. Il enleva lentement ses lunettes, les essuya et les remis en place.

- Peut-être ce que toi t'es venu faire ici, parce que je ne pense pas que tu habites dans le coin toi aussi ? Lâcha-t-il.

Iba lui lança alors avec un sourire cristallin qui découvrait toutes ses dents : mais moi j'habite là. Fred qui semblait un peu désorienté, insista sur la question tout en pointant du doigt le vieux bâtiment hideux où ils s'étaient croisés un peu plus tôt.

- Oui j'habite ici, reprit Iba et si tu veux bien, je peux te raconter mon histoire. Cela ne me dérange pas, et je sais que ce taudis est infesté de dealers. Mais c'est là que je crèche, je n'ai pas trop le choix.

Fred baissa la tête, fit passer sa main sur ses cheveux, les yeux fixés sur sa tasse de café. Il avait pris un air songeur qui lui faisait reprendre son air de jeune intello assez sérieux.

- Je suis tout ouïe, ton histoire m'intéresse.

Iba prit à son tour un air grave ; submergé par un flot de souvenirs, il tressaillit avant de dire sur un ton sec :

- Je suis venu en France parce que c'était un objectif, un rêve de gamin que je pensais devoir réaliser. J'ai tellement dépensé d'énergie et les modestes économies de ma mère, que fouler la terre occidentale m'était devenu vital. N'importe où, je précise. Pourvu que j'aie la possibilité de continuer mes études, sinon de pouvoir travailler et vivre décemment, afin de subvenir à mes besoins et ceux de ma famille.

Fred le coupa : parce que tu ne pouvais pas vivre décemment chez toi ? Tu viens de quelle partie de ce monde où les études ne peuvent pas garantir un travail capable de maintenir un niveau de vie raisonnable, au point de choisir d'habiter dans un lieu pareil ?

Iba secoua toute sa tristesse avec beaucoup de dignité et regarda son interlocuteur dans les yeux :

-Je viens pourtant d'un pays où il fait bon vivre, je viens d'un pays où l'hospitalité est reine, mais on ne se rend compte de la valeur des choses que quand on commence à les perdre. Ce continent représentait l'inconnu à mes yeux d'enfant africain, l'occident signifiait puissance et réussite.

Après seulement quelques mois dans la métropole, ma déception fut immense, tant était gigantesque mon espoir. Je n'arrivais pas à trouver un logement décent, à payer mes études en attendant ma bourse irrégulière, à me nourrir et me vêtir correctement. La confrontation entre mon rêve et la réalité me laissa perplexe sur mon avenir.

Pour la première fois de ma vie, je me faisais contrôler par des policiers. Le fait d'être un étranger est un sérieux problème dans ce pays, contrairement à ce que certains individus cherchent à faire croire. Ma carte de séjour dépend de mes résultats scolaires, ma scolarité dépend de mon bien-être, mon bien-être dépend de mes fonds, mes fonds dépendent de mon gouvernement et mon gouvernement ne compte que sur l'aide internationale. Parce que nos politiques ne travaillent jamais pour le peuple qui les a élus, ils ne pensent qu'à vivre de la politique.

Alors quand je vois quelqu'un comme toi, qui a la chance de faire un parcours sans faute et qui se permet d'hypothéquer son devenir à cause de la drogue, je suis outré à un point que tu ne peux imaginer. Ma question est donc, pourquoi ?
Fred sourit amèrement, ses yeux étaient légèrement embués et on sentait une colère silencieuse monter en lui.
- Tu sais, à chacun ses problèmes.

Iba lui rétorqua : aucun problème ne peut justifier la drogue. En tout cas moi, la foi m'a sauvé.
Fred : ta foi en quoi ?

Iba : ma foi en Dieu !

Fred : je respecte, mais personnellement, j'ai perdu la foi en une divinité absolue, même si je suis conscient d'évoluer dans une société en perte de repères. Comme par ailleurs les marchands d'illusions qui profitent de la crise qu'ils ont eux-mêmes provoquée, pour politiser des sujets qu'un débat sincère aurait pu traiter. L'immigration, la religion, la laïcité et plein d'autres choses. Ma foi à moi s'est ébranlée suite à plusieurs déceptions, de tout bord. Et je me suis depuis, réfugié dans la lecture du monde par les grands penseurs des époques précédentes, donc plus proches de la soi-disant création de l'univers par je ne sais qui. On vous promet un paradis lointain pour supporter l'enfer du présent. Je préfère vivre de bonheur, construire mon destin et laisser l'inconnu d'un au-delà dans son mystère - conclut Fred avec un sourire narquois.

Iba qui l'écoutait religieusement lui rétorqua : mais tu es né dans une famille croyante j'imagine ?!
Fred : effectivement, et j'ai été élevé avec des croyances religieuses, avec tout ce que cela comporte.
Iba : OK ! J'ai moi aussi traversé des moments d'incertitudes, de doutes. Par moments, je me suis senti seul au monde. J'ai découvert qu'il n'y avait aucune arme efficace contre la trahison, l'hypocrisie et l'ingratitude des hommes, mis à part une foi infaillible bien sûr. Croire en une puissance invisible, nourrir et entretenir ma foi par la patience et l'endurance me rassure évidemment, ce qui n'a absolument rien à voir avec une quelconque faiblesse ou du fatalisme. Nul ne peut et ne devrait penser à se suffire à lui-même, car Dieu vit à travers les hommes.

Fred : voilà pourquoi je ne crois qu'en l'homme !

Iba : derrière chaque homme il y a Dieu !

Fred : donc tu conviens avec moi que Dieu est un homme ?

Iba : non ! Dieu se manifeste à travers l'homme, à travers les esprits, à travers la nature, à travers les animaux, à travers l'humanité, bref à travers l'univers tout entier. Il faudrait juste que la solidarité humaine soit mise en exergue, à la place du nombrilisme primaire, de l'individualisme qui gangrène nos sociétés. Une chaîne humanitaire permanente. On ne peut prétendre à un secours divin, tout en refusant de tendre la main à l'autre.

Fred : oui mais tout ça ne répond pas à ma question. On s'éloigne du sujet, qu'est-ce que tu fais dans ce lieu pourri, si tu as vraiment envie de réussir ta vie ? Avec tous les logements étudiants à disposition, tous tes compatriotes et amis croyants qui sont là, fit Fred en mimant les guillemets avec ses deux doigts lors de son passage sur « amis croyants ».

Iba : bah si t'es disposé à me raconter ce qui t'a poussé à venir ici, en ce lieu de débauche et surtout à consommer du poison, je te dirai pourquoi j'y vis.

Fred : en quelque sorte, tu as frôlé un peu mon histoire. Il m'arrivait de fumer de la cigarette occasionnellement, mais je n'avais encore jamais touché à la drogue. Après le divorce de mes parents, je me suis concentré sur mes études et ma copine. Une fille que je connais depuis l'adolescence. Nous avons cheminé ensemble, et elle était en quelque sorte mon second souffle. Celle à qui je m'accrochais quand la terre tremblait sous mes pieds.

La bataille juridique que se livraient mes parents m'étouffait et me consumait à petit feu. Ils ne voyaient que la fortune, des biens qu'ils ont engrangés ensemble pendant des décennies. Moi, mon frère et ma sœur, on ne comptait plus que pour du beurre. Étant le plus âgé, j'avais ou plutôt j'ai, parce que c'est toujours le cas, la responsabilité de veiller sur ma petite sœur et mon petit frère. Christine m'a lâché au mauvais moment, quand j'avais le plus besoin d'elle. J'ai voulu savoir pourquoi, mais aucune réponse convaincante. D'après elle, j'étais devenu distant, on ne s'éclatait plus. Bref, non seulement j'étais devenu ennuyeux, mais je l'emportais dans ma chute.

La vérité est qu'elle avait rencontré quelqu'un d'autre. Mon orgueil de mâle blessé prit le dessus sur ma capacité à discerner. Et voilà le résultat, conclut Fred avec dépit.

Iba : oui je te comprends, il arrive que l'ambition ou les contraintes sociales tuent une relation amoureuse. On en arrive à oublier les petites attentions, les petits détails qui font office d'ingrédients pour entretenir la flamme, et mieux combattre la morosité de la routine. Même si je trouve ton attitude suicidaire. Il faut te ressaisir, et tu as tout ce qu'il faut pour y arriver. On fait tous des mauvais choix, et je pense que le plus important est de les assumer, en les reconnaissant d'abord avant de les surclasser par la suite.
Regarde-moi, je suis dans un environnement contraire à mon éducation, contraire à mes valeurs culturelles et religieuses, qui elles, m'imposent certaines règles que le contexte actuel ne favorise pas. Mais j'essaye de tenir dans la tempête, avec tous mes soucis, en maintenant le cap sur ma foi.

Fred : pourquoi lorsqu'un phénomène est complexe ou dépasse l'explication rationnelle, vous vous sentez obligés de l'attribuer à une divinité ? Comme un tsunami par exemple. Mais quand nous sortirons de ce café sans payer, nous risquerons des problèmes, causés cette fois-ci par notre volonté d'avoir demandé et d'avoir consommé. Personne n'appellera Dieu à la rescousse, la volonté divine n'aura plus sa place. Seule notre mauvaise volonté sera jugée. Cela peut paraître terre à terre, voire même idiot, mais c'est ma conception des choses religieuses. Je ne crois qu'à ce que je peux palper, voir, tâter...

Franchement, crois-tu réellement qu'il puisse exister quelque part, dans une seconde vie, un paradis et un enfer qui nous sont promis selon notre comportement sur terre ? Alors qu'à la base nous n'avons pas les mêmes chances. Nous n'évoluons pas dans les mêmes milieux, Nous ne parlons pas les mêmes langues, nous ne lisons pas les mêmes livres sur la vie. Est-ce qu'un Africain est censé étudier les philosophes occidentaux, est-ce que nous sommes censés apprendre votre culture et votre religion ? Qui détient la vérité sur le fameux jugement dernier, entre le bouddhiste, le juif, le catholique et le musulman ? Que fais-tu de ton destin ? Le crois-tu déjà scellé ou te lèveras-tu pour le tracer toi-même ?

Le peu d'expérience que j'ai de la vie, m'a appris que les utopies s'articulent toujours autour d'une critique de la société et d'une dogmatique qui est le corollaire de cette critique. Vous vous laissez entourlouper par une imagination prospective remplie d'espoir. Et je pense qu'un homme doit pousser la réflexion aussi loin que possible, afin de se libérer du joug de l'émotion spirituelle. Il faut arrêter de suivre les règles aveuglément.

Iba : je trouve que ta critique de la société est justement une dogmatique, corollaire d'un renoncement à la foi. Ainsi nous croyants, avons donc peur de l'inconnu, et qualifions de divin ce qui dépasse notre compréhension, et dont nous ignorons la cause. C'est cela ta conclusion ?
Mais mon cher ami, en apprenant à réfléchir, nous avons aussi appris à développer des schémas et des modes de pensée dont nous risquons de rester prisonniers. Pourquoi tu ne te fais pas ta propre opinion, ton propre jugement ? En allant directement vers la recherche de la vérité. Les théories des grands penseurs cachent

des jugements de valeur reposants sur des partis pris métaphysiques ou éthiques. Ils manquent souvent d'objectivité.

Fred : Tu ne m'apprends rien là, parce que je te parle de mon opinion personnelle. Même si effectivement, l'étude de grands personnages historiques a pu à un moment donné, influencer sur ma quête de la vérité. Ceci n'est que mon ressentiment personnel.

Iba : Alors pour ton plaisir, je transformerai la formule de Pascal. C'est l'avantage d'avoir plusieurs cultures. Dit-il avec un clin d'œil.
Disons que la foi a ses raisons que la raison non seulement ignore, mais ne saurait jamais connaître. Dans ces conditions, la foi ne peut que récuser toutes les explications que lui trouve la raison, et la raison ne peut, sous peine de se nier soi-même, comprendre la foi dans son jaillissement propre : elle ne peut, que la réduire en cherchant à l'expliquer. Il faut voir que nul n'est infaillible, même les plus grands penseurs ont été victimes de leurs propres élucubrations.

Notre pseudo ignorance du savoir est une affirmation que tout savoir est au fond ignorance, puisque seul Dieu est Vérité et que cette Vérité nous est inaccessible : Dieu est lumière, mais il est aussi obscurité. Pour en revenir à l'exemple terre à terre. Essaie de fixer un projecteur pour voir. La lumière sera si intense que tu seras obligé de fermer les yeux, où de détourner le regard. Une lumière, aussi intense qu'elle puisse être, restera aux yeux de l'incrédule, ténèbres.

Notre foi n'est pas un acte d'intelligence, mais de volonté. Pour nous, croire c'est d'abord vouloir croire. Notre esprit religieux ne va pas toujours avec la raison, car n'ayant pas d'explications rationnelles à toutes les questions. Mais c'est cela même l'essence de notre croyance. Cet espoir dans l'inconnu, nourri et entretenu par une force invisible. Cette acceptation volontaire et assumée de notre ignorance est ce que nous appelons la foi.

Fred : alors nous ne serons jamais d'accord sur les principes de la foi.

Iba : et c'est normal. Sans les différences, la terre s'arrêterait de tourner. Chacun est libre de choisir sa voie et nous en sommes la preuve vivante.

Fred sourit : sur ce point, je suis d'accord avec toi, mais si mon père t'entendait !
C'est aussi un grand penseur ? Fit Iba dans un sourire moqueur.

Fred : Lui, il est à fond dans sa supposée logique républicaine qui tend vers l'extrême droite. Il a tendance à confondre patriotisme et nationalisme. Dernièrement, on évite les sujets religieux ou politiques, même si au fond je trouve que c'est la même chose. Cela nous mène tout le temps au clash. C'est quelqu'un qui ne supporte pas la contradiction, et à la limite ça devient rageant. Monsieur a toujours raison. Parfois, je suis au bord de l'implosion avec lui, conclut Fred, avec un brin de mépris.

Iba : oui mais ton père reste ton père, tu lui dois respect quelles que soient ses positions.
Fred se redressa : une autre des inepties que la religion vous enseigne j'imagine, fit-il avec un sourire provocateur. En plus on se connaît depuis combien de temps ? C'est bizarre que je te

raconte ma vie sans vraiment connaître la sienne, je t'en ai déjà trop dit !

Iba : par rapport au respect des anciens, peut-être oui, mais c'est plutôt culturel chez nous. Pour le reste, je t'ai aussi raconté une partie de ma vie alors qu'on se parle pour la première fois. Mais c'est de bonne guerre.

La suite est que chez moi l'étranger est roi, voilà pourquoi notre situation ici est délicate. On nous a à la base, inculqué l'hospitalité et le soutien aux autres. Mais nous vivons ici, des choses qui n'auraient jamais été acceptées chez nous.

Pour en revenir à mon histoire, tu as raison pour les logements d'étudiants, sauf qu'il faut les payer ces studios. Quand on n'y arrive plus, on nous les reprend et là on découvre le vrai visage des gens. Des portes se sont refermées sous mon nez, des gens que je fréquentais en temps normal sont subitement devenus injoignables.

Je ne peux pas compter sur ma famille qui n'a absolument pas les moyens de m'envoyer de l'argent, encore moins sur mes connaissances originaires du même pays. Des gens que j'avais connus depuis le Sénégal ou plutôt que je pensais connaître, ont eu une attitude à mon encontre, qui me choque encore aujourd'hui. Il n'y a pas déception plus grande que la trahison d'un proche.

Ceux que je considérais comme mes frères ont été les premiers à me tourner le dos quand je me suis retrouvé dans des difficultés. Les portes de l'amitié m'ont été fermées au nez. J'ai dû chercher des petits boulots à gauche et à droite, me faire exploiter sans pouvoir tenter quoi que ce soit. Parce que les lois de ce pays me refusent le droit de travailler le nombre d'heures qui m'auraient arrangé, par rapport à mon statut d'étudiant.

Je me suis retrouvé dehors après des mois d'arriérés de loyers qui m'ont fait perdre mon logement d'étudiant. J'ai appris à me faufiler dans le métro, le RER, le tram, le bus, sans payer le ticket. À jouer au chat et à la souris avec les contrôleurs, ce qui m'a valu bien quelques désagréments. Oui c'est un triste sort pour quelqu'un qui a toujours vécu dans un environnement familial, qui respirait la dignité. Mon physique, ma santé se sont dégradés à force de dormir dans des lieux publics ou cages d'escaliers, d'inhaler des odeurs nauséabondes, souvent dans un froid glacial.

Fred : Waouh et comment t'as survécu à tout cela, puisque tu fréquentes toujours l'université ?

Iba : Le hasard m'a fait rencontrer dans mes moments d'errements et de quête de solutions à mes problèmes, une frêle jeune fille africaine, à la voix chaude, granuleuse et enveloppante…

Fred se remémora cette rencontre avec un brin de nostalgie. Le temps est passé par là, beaucoup d'eau a coulé sous le pont. Les liens se sont raffermis. Ils ont fini leurs études et vivent maintenant en collocation. Avec son ami Iba, ils nourrissent ensemble d'énormes projets, surtout dans le social. Il était parti à Marseille, passer quelques semaines de vacances aux côtés d'un de ses amis d'enfance devenu responsable d'une grosse boîte, afin de tenter quelque part de l'enrôler dans son projet.

Il veut aller visiter l'Afrique et pourquoi pas d'autres continents ? Car auprès de ses nouveaux amis, il a appris à mieux partager, à donner et à recevoir. Tout à l'heure, ils doivent se voir avec Iba, Jacques, Modou et Amina pour ficeler ce fameux voyage dont ses parents ne veulent pas entendre parler. Depuis le temps qu'ils ont commencé à se combattre ces deux-là, la seule chose qu'ils s'accordaient maintenant à faire, c'est de le dissuader à aller vers l'aventure africaine.

CHAP II

LE HASARD N'EXISTE PAS, CHAQUE RENCONTRE A SON SENS !

Daba, le contraste entre son physique et sa grande gueule était à la limite drôle. Un débiteur d'insanités, colérique et prête à se battre contre n'importe qui se permettait de lui manquer de respect, mais qui en temps normal a le cœur sur la main. Daba était une junkie qui ne reculait devant rien. Et pourtant elle partageait tout ce qu'elle avait, du repas à la drogue, en passant par son temps. Juste que son sale caractère ne supportait pas la trahison, le manquement à la parole donnée parce que malgré toutes ses dérives, elle était restée loyale en amitié. Chose rare de nos jours.

On pouvait compter sur elle en toute circonstance. Elle avait retrouvé Iba une de ces fraîches soirées parisiennes, recroquevillé sur lui-même, un sac de sport comme oreiller et un manteau d'hiver comme couverture. La lumière était tamisée à cette heure où le ciel nimbé de quelques rares étoiles illuminait ce petit parc qui donnait sur la rue juxtaposée à son lieu de fréquentation nocturne.

On y retrouvait le soir quelques badauds en train de s'égosiller jusque tard dans la nuit. La police s'arrêtait souvent pour les rappeler à l'ordre quand ça gueulait fort après la montée d'adrénaline due en partie à la consommation abusive d'alcool ou quand montait la fumée et l'odeur acariâtre de l'herbe interdite, avant de continuer sa tournée dans ce secteur sensible à tous les maux. Paris 18e.

Les maux sont là, bien présents comme presque dans toutes les banlieues ou HLM. Il n'y a pas de fumée sans feu. Cette politique migratoire qui cantonne les populations d'origine étrangère ou plutôt originaires de pays du tiers monde, dans ces quartiers appelés difficiles, parce que pas gérés comme les autres. Des lieux où l'école publique est aux abois, et où les jeunes laissés pour compte sombrent facilement dans la délinquance.

Encore heureux que beaucoup d'entre eux gardent espoir et cherchent à s'en sortir, ne serait-ce que par le sport ou la musique quand ils ne croient plus que les diplômes puissent leur garantir un travail dans leur propre pays. Quelques jeunes diplômés s'exilent pour monnayer leur talent ailleurs, parce que très souvent victimes de délits de faciès, d'autres parviennent à bousculer la hiérarchie en se hissant à des niveaux très respectables.

Ce soir-là, Iba n'en pouvait plus de marcher. Il s'était assoupi sur ce banc public parce qu'il en avait un peu marre de sursauter, de se réveiller à chaque arrêt ou au terminus du bus de nuit. Ce bus qu'il prenait pour se réchauffer et rester assis tout le long du trajet. Il y avait toujours du monde, des travailleurs de nuit, des sans domicile fixe ou simplement de jeunes fêtards souvent alcoolisés et bruyants, à quelques semaines de l'ouverture des classes.

Cette nuit-là, il avait envie de se dégourdir les jambes, tout en tentant de se vider la tête. Il marcha longuement, longeant ce long boulevard où il serait certainement moins remarqué que vers le centre-ville parisien, vers les Champs-Élysées, la Tour Eiffel ou sur les quais bordant la seine. Des promeneurs déambulaient le long des trottoirs, d'autres se prélassaient sur les bancs publics jonchant la route principale qui mène vers la périphérie parisienne. Il décida finalement d'emprunter une petite ruelle qui semblait plus discrète.

De guerre lasse, il se laissa aller sur un banc public au milieu d'un jardin qui semblait dévasté par une tempête hivernale. La voix forte de la jeune fille qui s'exprimait en wolof au téléphone l'interpella. Il se redressa sur une main et la regarda avancer, s'arrêter, tournoyer, elle parlait plus qu'elle n'écoutait. Se sentant observée, elle essaya de capter le regard curieux d'Iba qui tourna précipitamment la tête.

Elle avait quand même eu le temps de voir son visage noir dans cet univers tamisé. Elle dit à son interlocuteur qu'elle le rappellerait plus tard, raccrocha et marcha vers l'inconnu. Bonjour, vous avez la tête d'un sénégalais vous, lui lança-t-elle tout en le pointant du doigt.
- Oui j'en suis un répliqua Iba en wolof.

- Mais qu'est-ce que tu fais ici à cette heure ? Tu dors sur ce banc ?

Iba : oui ma sœur, j'ai essayé de dormir sur ce banc parce que j'étais fatigué et je ne savais pas où aller. Moi c'est Iba.

- Enchantée, moi c'est Daba. C'est vraiment pas évident.

Iba : oui je sais.

Daba : et t'es là depuis combien de temps ? Je veux dire en France?

Iba : presque deux ans et demi. Je suis étudiant, mais comme tu peux l'imaginer, ça ne s'est pas passé comme je m'y attendais.

Daba : bah ce n'est pas une nouveauté ça. Embrayer sur le fantasme de la réussite occidentale peut casser la boîte de vitesse, dit-elle avec un sourire amer. Bon si t'as le courage de marcher encore un peu, je t'emmène là où tu pourras prendre une douche, te reposer et grignoter un peu pour ce soir jusqu'à demain. Ensuite on verra bien…
Il y a notre grand-frère Yves qui habite à deux pas d'ici. Un homme exceptionnel au grand cœur, chose rare de nos jours, je peux te le présenter ?!

Iba regarda le ciel qui commençait à s'éclaircir et marmonna « je savais que tu ne m'avais pas abandonné ». Ainsi il venait de prendre une main tendue par une inconnue à une heure et un lieu propice à tout sauf à une rencontre du genre. Oui les prières de sa maman ne l'avaient pas abandonné, oui Dieu était encore avec lui, pensa-t-il au plus profond de son âme.

« Entrez ! » tonna une voix de baryton, pleine d'assurance. Grand Yves était assis sur un vieux fauteuil, cigarette à la bouche, les yeux certainement rougis par l'alcool et les veillées nocturnes, se dît Iba qui l'inspecta minutieusement. La bouteille de whisky à sa droite était quasi vide, à côté d'une bouteille de vin dans le même état et trois ou quatre bouteilles de bière vides. Il faillit faire marche arrière quand l'insistante Daba le bloqua en lui empoignant le bras et désigna un à un : Paco, Babs, Cathy, Mami, Jean et Bouba.

Après les salamalecs, il fut tout de suite mis à l'aise par son hôte. Pose ton sac et prends place, « fi moy daara dji », fais comme chez toi. Apparemment il n'y avait rien à expliquer pour le moment. Daba tourna sur ses talons et dît à Iba, on se voit plus tard, les autres c'est bon cette fois-ci je m'en vais définitivement, ou du moins jusqu'à demain ; le tout dans un éclat de rire. La porte se referma derrière elle, et la discussion reprit son cours.

Bouba assis à califourchon sur un vieux pouf en cuir continuait de rouler son pétard, tandis que le reste de la bande débattait sur un combat de lutte sénégalaise qui s'était déroulé la veille. Babs, Cathy, et Mami défendaient avec véhémence leur lutteur qui aurait perdu parce que son adversaire du jour aurait été mieux préparé mystiquement.

Un combat qui se serait joué chez les marabouts et non sur la belle prouesse technique, la condition physique et la vivacité des protagonistes qui ont eu au moins huit mois de préparation avant de s'affronter. Pourtant, ils ont sillonné le monde, de la salle de sport en France en passant par la salle de boxe aux USA. Pour soi-disant développer leur musculature, leur technique de frappe et les rouages de la lutte gréco-romaine qui peuvent toujours servir. Trouver plus d'arguments pour déjouer et déstabiliser son adversaire, jusque dans la communication. Alors à quoi sert exactement le rôle du marabout dans ce face à face ?

Tout est préparé pour atteindre la victoire, car ce sont des millions de francs CFA qui sont en jeu. Un grand lutteur peut empocher jusqu'à 150.000 € en une ou deux minutes, puisque peu importe la durée du combat. Il faut juste mettre son adversaire à terre, les fesses, la tête, quatre appuis, le flanc, le médecin en cas de blessure grave…

Grand Yves trouvait que la lutte s'éloignait de plus en plus de ses racines et devenait simplement un sport business. Le côté mystique rendait la chose plus attrayante, mais n'influait en aucun cas sur le résultat final ; comme les battements de tambour et la danse des lutteurs, un scénario de carnaval.

La frappe empêchait les lutteurs d'exprimer les prouesses techniques de la lutte traditionnelle d'antan. La violence, ajoutée au dopage et à la boulimie financière tue le spectacle. De vice en vice, la santé de certains lutteurs mal encadrés et le blanchiment d'argent, sont devenus des maux réels dans l'arène. S'adressant à Iba, grand Yves lui fit « my boy, mets-toi à l'aise. Range ton sac dans le coin là-bas, prends une serviette propre dans le placard en face, une douche te fera du bien. Mami nous avait préparé un succulent « thièbou dieune » que tu peux réchauffer parce qu'ici il n'y a pas d'heure pour un bon plat.

Sous la douche, Iba versa quelques larmes, de colère mais aussi de soulagement. Même s'il a été bien accueilli par ces gens-là, il ne pouvait imaginer qu'un milieu sénégalais de cet acabit puisse exister. Rien que la forte odeur de l'alcool mélangée au cannabis lui avait fait tourner la tête. Il était fatigué, il avait sommeil, sauf que son ventre qui gargouillait depuis ce matin, reléguait tout le reste au second plan.

Mami avait déjà commencé à lui chauffer au four micro-onde, un plat bien garni. On lui désigna une nappe de prière qu'il avait demandée. Isolé dans un coin du salon, il effectua les prières de la journée qu'il avait loupées, avec beaucoup d'humilité. Ce qui ne passa pas inaperçu.

Après avoir effectué son office, il vint s'asseoir sur le canapé aux côtés de Bouba et Cathy. Mami qui avait déjà préparé une chaise à côté, lui demanda de s'y installer. Paco assis à ras le sol, adossé au mur, était en train de faire du « ataya » thé à la façon sénégalaise, en insistant bien sur la mousse. On devait être au troisième, quatrième ou cinquième selon l'ambiance, mais au Sénégal c'est 1, 2, et 3, les « trois normaux ».

Cette tasse lui fit un grand bien. La première gorgée l'emmena très loin, il ferma les yeux pour mieux se délecter de ce goût sensuel et unique procuré par les seules mains d'un expert en la matière. Il sirota la tasse, en traversant l'océan atlantique. Oh que ce thé était bon, cette main lui rappelait celle de son jeune frère Babacar. Merci Paco, cela faisait une éternité que je n'avais pas goûté à un thé aussi délicieux, je ne m'en souviens plus en tout cas.

Là tu te moques de moi dit Paco, sourire aux lèvres. Ce garçon et ses dreadlocks, était un cool rasta man, souriant et disponible.

Mami rapprocha la petite table basse et le plat qui fumait dessus, dégageait une odeur tellement agréable que Iba en tremblotait. Il crevait la dalle et cette forte odeur de « thiébou dieune » était mortelle. Du riz au poisson cuisiné à la façon sénégalaise. Il s'humecta les lèvres, tout en essayant de se ressaisir avec beaucoup de dignité. La politesse recommandait d'appeler les autres à venir manger, tout en espérant qu'ils ne viennent pas. Non merci on a déjà pris notre repas, c'est gentil.

- Bon appétit frère !

Ah c'est vous qui êtes gentils quand même pensa-t-il. Après la douche, le thé chaud, le repas, Iba se sentit beaucoup mieux. Et remercia de vive voix l'assemblée, en insistant sur le bon « thiép » de Mami. Paco en profita pour lui demander ce qu'il pensait du débat sur la lutte sénégalaise, car aucun des deux camps ne voulait lâcher l'affaire. Iba chercha à donner son avis avec prudence, parce que dans un débat passionné, les sensibilités sont très souvent à fleur de peau. Mais sa franchise naturelle le poussa à étaler tout le fond de sa pensée.

- Je pense que la lutte a besoin d'être restructurée. Du sport traditionnel populaire, on en est arrivé au sport populaire dont certains individus à la baguette, s'enrichissent au détriment des véritables acteurs. Le public a son importance, mais on oublie aussi ces milliers de jeunes qui rêvent de devenir roi des arènes, qui idolâtrent des mastodontes. Il y a un risque inhérent par rapport à leur avenir.
C'est un peu comme la musique, Quelques fois ça marche, quelques fois ça ne marche pas. Et je ne pense pas que ces secteurs puissent être vecteurs de développement pour un pays du tiers monde. Au contraire, je dirais même que ces divertissements, sont quelque part un moyen pour nos politiques, d'endormir le peuple, en le maintenant profondément sous anesthésie.

Les promoteurs, producteurs et autres se sucrent pendant un moment, avant que les sponsors ne découvrent qu'enfin qu'il n'y avait pas grand-chose à se mettre sous la dent. On nous détourne de la réalité avec des remèdes à coups de fariboles. La lutte doit reprendre sa véritable place au sein de nos préoccupations, un sport national qui peut être professionnalisé, même à l'échelon international. Pourquoi ne pas pousser nos champions à s'intéresser davantage à la lutte gréco-romaine ou au judo ?! Afin de participer aux jeux olympiques et championnats du monde, pour plus de visibilité et de crédibilité.

Ces disciplines font partie intégrante de la lutte libre, il faudrait juste trouver de bons encadreurs. Sauf qu'à ce niveau, le contrôle anti dopage est plus rigoureux. Ce qui pourrait être aussi une solution pour assainir ce milieu. Nous avons des champions qui sont aujourd'hui à la retraite et qui peuvent apporter leur contribution, avec leur expérience comme cela se fait ici en Europe. Dans tout ministère de sport digne de ce nom, on retrouve des anciens sportifs et aucune décision n'est prise concernant une discipline, sans au préalable une concertation avec les acteurs d'hier et d'aujourd'hui. Je trouve anormal que dans une écurie, seule la tête de file s'en sorte et que les autres vivent dans la dèche, alors que c'est avec eux qu'il s'entraîne pour être au top. Il devrait y avoir un nombre de licenciés limités pour les écuries, sur chaque contrat un pourcentage pour l'entraîneur, un pourcentage à partager au groupe, et surtout des cachets raisonnables pour que les combats soient plus réguliers.

Grand Yves acquiesça, eh oui jeune homme. C'est ce que j'essaye de faire comprendre à cette bande de blaireaux dit-il dans un éclat de rire. Avant de continuer, moi ce qui me dérange le plus c'est l'aspect mystique. Bon, peut-être aussi c'est parce que petit, j'allais voir les « mbapatt », la lutte pure, sans frappe où l'on rivalisait sur les prouesses techniques.

Mais on ne voyait pas de gris-gris exagérément, en tout cas pas autant de bouteilles aux liquides bizarres, etc... Le rythme endiablé des tam-tams suffisait aux lutteurs pour s'échauffer avec des pas de danse, le tout dans une magnifique chorégraphie. La rivalité était plus saine, même si elle était entachée d'une forte connotation ethnocentrique, dans le bon sens.

La culture territoriale était mise en exergue. On s'identifiait à une écurie de lutte parce qu'elle mettait en valeur notre culture, donc elle représentait en quelque sorte notre région sans plus. L'aspect financier était secondaire parce que les lutteurs avaient presque tous un métier, une profession parallèle...

Iba s'arrêta brusquement comme s'il revenait de très loin, comme s'il venait de sortir d'un rêve profond, réveillé par le son imposant, craché par une péniche qui voguait lourdement sur la seine. Il la regardait s'éloigner lentement, tout en songeant à la mer. Au fait cela fait une éternité que je n'ai pas touché à l'eau de la mer se dit-il. Il se remémora les chauds après-midi avec ses amis d'enfance, à courir pieds nus sur les plages dakaroises, à boire du thé avec ses potes, à jouer au foot dans le quartier.

Qu'elle était belle l'adolescence dans l'insouciance, certes sans un sou mais sans aucune charge. Il suffisait de quelques pièces de monnaie pour faire son bonheur autour du thé ou d'un pot de lait sucré, accompagné de quelques pastilles ou bonbons à la menthe. Les plus gros soucis venaient du cœur, les chagrins d'amour innocents.

On ne réalise mieux l'importance des choses que lorsque l'on commence à les perdre. La vie est faite de tellement d'étapes, et de rebondissements que l'on se croit perpétuellement dans un marathon. Une course de fond, des plages ensoleillées de Dakar, aux quatre temps parisiens qui peuvent varier de la chaleur torride au froid glacial, en passant par la tempête ou le temps pluvieux en l'espace de 48h. La belle époque pensa-t-il, yeux levés au ciel.

Qu'il était loin ce fameux soir où il avait rencontré Daba. Le lendemain, il avait eu une longue discussion avec grand Yves qui le marqua à jamais. Il lui avait fait bonne impression, par sa piété et son intellect. Cette première nuit en compagnie de personnes aussi proches que différentes paraissait tellement lointaine, mais toujours aussi présente dans son esprit.

Son hôte du soir l'avait rassuré en lui faisant comprendre qu'il pouvait rester le temps de régulariser sa situation. Une semaine, un mois, voire plus, l'essentiel étant qu'il reste correct envers les habitués de la maison. Car, il comprenait sa situation, des choses de la vie qui peuvent arriver à tout un chacun. On peut se retrouver à la rue pour divers motifs, mais le plus important est d'en être conscient. Rien n'est définitif !

Les tapes amicales dans le dos sont souvent assassines. « Courage tout ira bien », alors qu'il leur suffirait de lever le petit doigt pour alléger ta peine. Et c'est vraiment dommage, car des vies basculent en l'espace d'une fraction de seconde, parce que personne dans l'entourage n'a daigné lever le petit doigt.
Ce jour-là, Iba comprit que la vie valait la peine d'être vécue pleinement, mais sainement et sereinement. Curieusement, il arrive qu'une personne en chute libre, nous aide à retrouver l'équilibre. Quelqu'un qui se laissait mourir à petit feu, pouvait pousser à la réflexion à un point qu'il n'aurait jamais pu imaginer.

Avec le temps, il apprendra à connaître petit à petit les gens qui se retrouvaient chez grand Yves. La bande de noctambules comme il les baptisera plus tard, lui fera comprendre que la vie ne sera pas toujours rose, mais qu'il ne faudra jamais baisser les bras. Car pour certains, le combat contre les aléas de la vie est perpétuel !

CHAP III

ON PEUT CHOISIR SES AMIS, MAIS PAS SA FAMILLE !

Fred arriva à Paris Gare de Lyon, un peu fatigué du voyage mais heureux d'avoir pu s'éloigner pendant quelques jours de la capitale. Il trouvait le temps maussade et l'odeur de la mer lui manquait déjà. Ce qui le refit penser à Iba, le frileux qui s'enrhumait facilement, peut-être que le temps du sud était plus proche du climat africain. Il lui proposera de l'accompagner la prochaine fois.

Il avait réfléchi pendant son séjour marseillais sur la stratégie à adopter, afin de convaincre ses parents de le soutenir sur son projet de voyage en Afrique. Cette discussion était cruciale, car depuis leur divorce, ils n'ont jamais rien voulu partager sans se tirer dessus. Mais cette fois-ci, ils tiraient dans la même direction. Sa mère avait pesté : « c'est quand je t'ai vu avec cette barbe de plus de trois jours que je me suis dit que quelque chose avait changé. Mais j'espère que tu ne projettes pas d'aller faire le jihad dans le désert, comme c'est le mot que tout le monde a à la bouche en ce moment ?! »

Il avait ri de bon cœur, car ceci lui paraissait tellement invraisemblable. Rien de ce qu'il pensait de ces histoires de religions n'avait changé. Il avait décidé de rester non croyant, mais une rencontre avait fait évoluer sa perception des choses. Ce n'est pas qu'il était devenu prétentieux au point de penser à s'ériger en donneur de leçons, ou de vouloir refaire le monde, mais il avait simplement besoin d'apprendre, de faire du bien, d'aider avec ses propres moyens, de partager.

Fred avait soif de découvrir d'autres horizons, lui que l'on trouvait par moment laconique, avait aujourd'hui envie de vivre et d'écrire, de raconter une nouvelle histoire. Son père, aristocrate et adepte d'une idéologie valsant entre mépris et radicalité contre l'immigration, penchant dangereusement vers l'extrême, fut assommé. Lui qui politisait tous les sujets, n'arrivait pas à trouver des arguments solides pour empêcher son fils de fréquenter un milieu aussi mièvre et inculte à ses yeux.

Que pouvaient lui apporter des gens en quête de savoir et d'argent ? Ces pauvres âmes perdues qui ont traversé l'Atlantique contre vents et marées, à la recherche d'une vie meilleure. En occident, pour s'en sortir ils sont prêts à accepter tous les boulots minables. Ceci ne poserait pas problème s'ils se contentaient de leur statut de bouche-trous.
Mais donnez-leur le doigt et ils vous prennent le bras, quelques fois même plus. Car aujourd'hui, c'est son fils que l'on cherche à lui prendre.

Sa famille politique qui se revendique de la droite, ne comprendrait déjà pas que son fils se retrouve à l'extrême gauche, et trouverait certainement scandaleux qu'il s'engage aussi activement dans des manifestations pour la régularisation des sans-papiers, ou pour trouver des logements aux étudiants étrangers. Cette fois-ci, il fera le nécessaire pour l'empêcher de franchir le rubicond.

Cette fréquentation avait fini par influer sur le comportement de Fred envers sa famille et ses amis d'enfance. Certains ne le reconnaissaient plus. Il défendait maintenant des opinions, des idées qui allaient à l'encontre des valeurs inculquées ou plutôt imposées par son éducation d'antan. Il était devenu plus sociable avec des gens dont tout le séparait.

Une richesse pour lui, mais un déni de ses propres valeurs aux yeux de son père ; un homme hostile à tout ce qui sonne étranger quand ça l'arrange. Et pourtant, il n'y a aucun mal à être nationaliste de circonstance, patriote comme presque tout bon citoyen. C'est le nationalisme chronique qui est une tare. S'enfermer dans une bulle atypique ne peut que renforcer l'ignorance. La peur de l'autre nous prive de découvrir des choses extraordinaires, de partager le bien en nous souvent insoupçonné.

Fred et ses exemples terre à terre par moment, s'amusait à lui rappeler qu'il avait pourtant une paire d'oreilles, de mains, de pieds, d'yeux... Et que les deux fonctionnaient toujours mieux ensemble, alors pourquoi vouloir forcément séparer les choses, diviser les hommes, s'amputer ? Gauche ou Droite ? Et pourquoi pas Gauche-Droite ?

- Désolé, mais je te trouve non seulement blasé, mais tes remarques sont ridiculement hors de propos. J'en ai tellement pris des doses feintes de sentimentalisme lourdaud, qu'aujourd'hui je me sens immunisé contre la mauvaise foi lui avait lancé son fils.

- Fais gaffe à tes propos jeune homme, nous sommes toujours tes parents. Voilà les résultats de la mauvaise fréquentation, avait répliqué son père.

- Encore et toujours la faute aux autres. J'ai dû rencontrer d'autres personnes pour comprendre que j'avais énormément de chance dans la vie. Avant, je fonctionnais sur un programme, le tien. Un chemin que tu avais tracé pour nous, sans tenir compte de nos envies, et sans te soucier des conséquences de tes attitudes sur ce dessein que tu voulais formidable.

Vous nous avez, à un moment donné, déstabilisés avec vos querelles. J'ai eu la lourde responsabilité de prendre sur moi, pour épargner Céline et Roger. J'ai ressenti ce que pouvait représenter la fortune aux yeux de certains individus, car rien pour moi ne peut justifier cette farce juridique qui a perduré des années. Aucun parent digne de ce nom, n'infligerait cette souffrance morale à sa progéniture.

- Ceci est ta perception embuée des choses et je pourrais bien t'éclaircir la vue, si tu prenais le temps de m'écouter. Je ne suis pas un ennemi, mais ton père. Pour en revenir au sujet du jour, j'ai déjà eu l'occasion d'échanger avec des personnalités, des hommes d'états africains, concernant particulièrement la situation géopolitique, économique et sociale de leur continent.
Par rapport à toutes leurs richesses, terrestres, maritimes, et au potentiel humain que possède l'Afrique, comparé à son statut sur l'échiquier économique mondial. Je me dis que ce continent n'est pas à sa place, mais la faute à qui ?

Fred se redressa comme si on venait de l'arroser par surprise, ou de lui balancer une mauvaise nouvelle à la figure. Son père continua tranquillement dans sa diatribe.

- Soyons clairs, je n'accuse personne de quoi que ce soit. Je me pose juste quelques questions légitimes en tant que citoyen du monde. Il arrivera un jour j'espère, où chacun fera face à ses responsabilités. Que l'on soit européen, asiatique, africain ou américain, on a tous notre mot à dire sur l'évolution du monde. En tout cas c'est ma philosophie. Chacun devrait rester chez lui et chercher des solutions locales, au lieu d'aller créer des problèmes ailleurs.

Fred éleva la voix : ah oui ?! Alors je me demande pourquoi les colons ne sont pas restés chez eux pour chercher et trouver des solutions locales. Pourtant votre tête de Turc, oups de file je voulais dire, est bien un enfant d'immigré comme parmi tant d'autres chez vous.

Son père répliqua : il faut comparer ce qui est comparable, et tes élucubrations me laissent perplexe quant à ton réel niveau intellectuel. Ces gens auxquels tu fais allusion, sont effectivement d'origine étrangère, mais fortement intégrés à la culture et aux valeurs intrinsèques françaises. C'est le peu que nous demandons à toute personne désireuse de vivre chez nous, le respect de nos institutions républicaines laïques.

Fred : mon niveau intellectuel n'a pas encore atteint le paroxysme de la mauvaise foi.

Son père : prends soin de ton langage, encore une fois, je ne suis pas un de tes potes de fac.

Fred : C'est sûr. Chez mes potes, l'immigré ne se reconnaît pas que par ses origines, sa couleur de peau, ou sa foi. Tu sais mieux que moi, qu'un enfant d'immigré sénégalais n'a absolument aucune chance de diriger votre parti, comparé à un enfant d'immigré hongrois, italien, espagnol ou allemand. Le peu de vos militants d'origine africaine ou asiatique ne sont là que pour le décor. Sans aucune ambition politique, ils se contentent de ce que vous leur donnez. La laïcité est une illusion, car la France a une forte identité catholique. La preuve, aucune autre communauté religieuse n'a un seul jour de férié sur le calendrier annuel, pour ses fêtes religieuses. C'est plutôt votre saupoudrage politique qui vous revient constamment à la figure.

Son père : Nous avons des Maghrébins, des...

Fred : Diviser pour mieux régner, cela marche toujours par le biais de quelques illuminés qui n'ont pas compris la force de l'union. Le Maghreb c'est toujours l'Afrique et je n'aime pas faire de différence quand je parle des Africains.

Son père : Tu aurais dû faire de la science politique. Chaque pays a son histoire et tu gagnerais à connaître celle de tes ancêtres. Nous nous sommes battus pour que ce pays soit ce qu'il est aujourd'hui, bien avant la révolution de 1789 jusqu'aux grandes guerres mondiales. Alors nous n'accepterons pas que d'autres viennent en profiter, sans le mériter. C'est aussi simple, et que cela n'en déplaise à un quelconque écervelé qui se prend pour le « Robin des bois » des temps modernes.

Fred : Pertinente ta ritournelle politique, mais tu le sais mieux que moi, toute vérité n'est pas bonne à dire. Bizarrement, Iba m'a montré une photo de son grand-père pendant la Seconde Guerre mondiale, et m'a dit que le père de ce dernier a été tué lors de la première guerre de 14-18. Voilà pourquoi l'expression « tirailleurs » était insultante à ses yeux, parce qu'ingrate et à connotation méprisante. Il préfère les appeler anciens combattants et je le comprends parfaitement, parce que s'ils étaient aussi maladroits au point de tirer ailleurs que sur leur cible, c'est le camp adverse qui les aurait nommés ainsi.

Du coup, je me suis souvenu que personne dans notre famille ne possédait ce genre de portrait. Et ce n'est pas un petit détail. Côtoyer ces « faibles d'esprit » m'a permis de mieux analyser les situations, de pousser à la limite mes capacités intellectuelles afin de trouver ma voie et surtout d'être plus conscient de ma chance. Oui j'ai la chance d'avoir le choix, ce qui n'est pas donné à tout le monde.

Il se trouve que je ne fais pas partie de ces suiveurs qui avalent tous vos discours pompeux sur l'état du monde. Parce que vous êtes en partie responsable de ce qui se passe, avec vos théories toujours enrichies d'un ébouriffant codicille.

- Ils ont sûrement dû t'avoir fait boire leurs fameuses potions magiques, pour réussir un lavage de cerveau aussi profond. Fit le père dans un excès de colère. Je ne me suis pas investi dans tes études pour te voir réduire à néant toute mon entreprise. J'ai essayé de construire un empire, une dynastie qui saurait valoriser mon héritage. Faire du social n'est pas ma tasse de thé, la situation de ton pote de fac est le cadet de mes soucis.

Si tu cherches à te venger par rapport à ce qui s'est passé avec ta mère, tu fais fausse route. Nous avons vécu ensemble, nous nous sommes aimés, nous avons fait de merveilleux enfants, mais la vie ne s'arrête pas là. Nous avons découvert que chacun de nous avait besoin de prendre un chemin différent pour finaliser son parcours, et pas indispensablement avec l'autre. Cela n'affecte en rien l'amour que nous vous portons, car nous sommes liés à vie, quels que soient nos défauts, nous sommes et resterons une même famille.

Fred : Et dans une famille, on respecte le choix de chaque membre. J'en ai vraiment marre de ton chantage larvé.

Son père : Non si le choix est incohérent parce qu'alambiqué et dangereux pour l'avenir du principal concerné, on a le devoir de le rappeler à l'ordre. Hypothéquer ton futur, risque d'emporter dans les flots les plus fragiles. Ton frère et ta sœur t'estiment énormément et pourraient en faire les frais. Tu devrais faire preuve d'un peu plus de maturité, de jugeote ; bref avoir une vision plus large de la chose.

Fred le fixa droit dans les yeux : c'est toi qui me dis ça? Toi qui as toujours relégué ta famille au second plan, derrière ta carrière professionnelle. L'empire dont tu parles a été construit sur ta dynastie. Tu nous as sacrifié, en nous empêchant d'abord de profiter de ta présence, de l'amour paternel, de la joie de voir son père assister ne serait-ce qu'à un de nos spectacles scolaires, à la remise des prix, aux matchs de foot...

Mais tu n'as jamais été là pour nous. Alors ne me provoque surtout pas sur la fibre sentimentale, parce qu'elle risquerait de se casser, elle est trop sensible, trop fragile. Tu n'as même pas eu le temps de voir en moi l'homme que je suis devenu. Aujourd'hui, je suis ingénieur, j'ai un bon boulot et Céline comme Roger ont pris leur envol depuis belle lurette. Ils n'attendent plus rien de moi, car ils ont compris la vie, à travers notre vécu à tous. Sur ce plan, vous nous avez rendu un grand service.

Je leur ai transmis tout ce que j'ai appris dans ces milieux que tu crois défavorisés au point de manquer de lumière. Je les ai aidés à regarder un peu plus loin que le bout de leur nez, à valoriser les choses. Le peu que nous avons peut bien susciter des envieux, vu la situation catastrophique que vivent pas mal de gens. Encore une fois, je n'ai point la prétention de sauver le monde, mais seulement d'apporter ma modeste pierre à l'édifice, car le chantier est titanesque.

C'est dans mes pires moments de doute que j'ai rencontré mon ami Iba, qui était aussi mal en point que moi. On s'est mutuellement soutenus et cela m'a conforté dans l'idée que seule l'union fait la force. Aujourd'hui, contrairement aux idées reçues et à votre arme de guerre politique contre les supposés envahisseurs, il a décidé de rentrer définitivement chez lui. Il veut mettre son savoir au service de sa communauté, de son continent, malgré les propositions alléchantes qu'il a reçues sous d'autres cieux.

En passant, c'est lui le major de sa promotion. Voilà en partie ce qui m'a poussé à décider fermement de l'accompagner au moins pour un mois chez lui, pour découvrir sa source d'inspiration, mais aussi le soutenir dans sa noble démarche de s'engager à changer les choses. C'est avec des jeunes comme lui que l'Afrique relèvera le défi de l'émergence afin de peser lentement mais sûrement sur la balance économique mondiale ; et j'en connais plusieurs, dans divers domaines.

Son père : et toi quel est ton rôle dans tout ça ? Tu reproches déjà à l'occident son implication dans les dossiers africains, non ? Alors quelle image vas-tu donner aux gens qui réfléchissent comme toi et qui cherchent à écarter les Occidentaux au profit des Chinois et des pays du golfe ? Tu seras la représentation physique et morale même du colon blanc.

Fred sourit d'un sourire franc et lui dit : tu ne changeras donc jamais? Toujours à rechercher la faille, à pousser les autres vers un sentiment de culpabilité. J'ai la conscience tranquille sur ce plan. Je vais visiter des amis, et chacun est libre de choisir ses amis, c'est la famille qui fait malheureusement, trop souvent l'effet d'une colle super glue.

Fred se sépara de son père, en colère comme d'habitude, mais cette fois-ci soulagé d'avoir pu débiter tout ce qui lui rongeait le cœur pendant ces dernières années. C'était la première fois qu'il lui tenait tête jusqu'au bout, et cela anima en lui un sentiment de fierté. Il avait grandi ! Cette fois il n'est pas parti en pestant et en claquant la porte. Il avait pu contrôler ses émotions, et surtout il n'avait pas cédé à la provocation.

Une fois dehors, il expira longuement, avant de marcher vers son véhicule stationné à quelques pâtés de maisons. Il a toujours été difficile de trouver une place de parking vers les Champs. Un coin huppé qui fait le bonheur des touristes, friands de photos souvenirs, et d'objets à l'effigie de l'Arc de triomphe ou de la tour Eiffel, vendus par des Africains ou Asiatiques qui constamment jouent au chat et à la souris avec la police.

Les touristes les mieux assis financièrement s'aventurent dans les boutiques de luxe qui jonchent les trottoirs, ou se prélassent dans les restaurants de luxe qui bordent les champs. Une fois dans sa voiture, il augmenta le son à fond. La musique était langoureuse et envoûtante. Il se laissa transporter par l'accord des instruments, sur une voix de rossignol qui pénétra tous ses sens.

Il ne pouvait plus se passer de ce chanteur qu'il venait de découvrir. Woz incarnait à ses yeux, la symbiose sonore entre l'Afrique et l'occident, une succulente symphonie pour aiguiser les sens. La tête reposée sur le dossier du siège conducteur, il se mit à revivre la réunion qui l'avait décidé à aller découvrir l'Afrique.

CHAP IV

LA VIE EST UN LONG MARATHON POUR CERTAINS... ET QUELQUE FOIS UN DÉCATHLON POUR D'AUTRES !

Avant de devenir grand Yves, on l'appelait Yves l'Américain. Un gentleman sportif de haut niveau, surnommé l'américain parce que basketteur hors pair. Cet homme si alcoolique et si généreux à la fois, avait bourlingué un peu partout. Il avait évolué dans de grands clubs européens, faute d'avoir pu intégrer la NBA à cause de son manque de sérieux et non par un quelconque manque de talent. Puis la belle carrière sportive fut freinée par des blessures répétitives.

La mauvaise hygiène de vie se paie cash à ce niveau. La fougue de la jeunesse, l'argent et les filles. Il passait beaucoup de temps à traîner dans les boîtes de nuit, dans les bars, à consommer beaucoup d'alcool et récupérait physiquement très peu. Son entourage fermait les yeux sur ses dérives, par peur de voir l'enfant prodige s'éloigner de lui.

C'était lui la star internationale, tout lui était pardonné et il ne devait rien à qui que ce soit. Il s'était forgé un destin formidable, tout seul, sans l'aide de personne. Cette version officielle était fausse, mais c'était un moyen de se donner bonne conscience. Il ne suffit pas de courir sur la plage, ou de suer, transpirer comme une éponge pressée pour avoir un grand parcours sportif. Il a été encadré depuis le bas âge, par des adultes qui n'avaient pas un rond dans les poches, mais qui donnaient de leur temps aux ados du quartier.

Le sport est pour eux, un moyen de les éloigner des tentations de la rue. C'est aussi l'occasion pour ces adultes au chômage, d'occuper leur temps, en pratiquant bénévolement leur passion. Il y a parmi ces gamins, des talents innés, comme d'autres qui sont réceptifs et qui se battent plus pour atteindre les sommets. Mais la vérité est que seul le talent ne suffit pas, il en faut plus pour s'en sortir. Une volonté extraordinaire, et quelques fois de bonnes relations. Un coup de pouce du destin.

Malheureusement, arrivé au sommet, on a le choix entre se battre pour rester sur l'estrade ou se laisser aller et chuter avec un bruit de fond de cavalcade. Alors pour les inconscients, l'arrogance, l'insolence et la forfanterie prennent le dessus sur la raison. Personne n'avait envie de le froisser, car lui seul était capable de résoudre les problèmes financiers en un tour de main, même s'il ne le faisait que très rarement. La flagornerie gonfle les cerveaux élastiques, parfois jusqu'à l'éclaboussure.

Yves l'Américain n'avait surtout pas envie qu'on lui fasse la morale à deux balles, car dans sa bulle il n'y avait plus de place pour l'ennui. Et la plus petite remarque contradictoire aurait été très mal perçue. Ainsi, on chercha à justifier la lâcheté du silence complice et coupable, par les croyances mystiques.

On réussit à lui faire croire qu'il était marabouté, qu'on lui avait jeté un mauvais sort. Réticent au début, il finit par abdiquer, parce que cela l'arrangeait bien, puisqu'il ne s'acquittait jamais de ses devoirs envers sa propre famille sans qu'on l'ait supplié honteusement. Il n'avait plus aucun contact avec ses amis d'enfance et ses formateurs, qui lui prenaient la tête ; même si au fond il se savait responsable de ses actes, l'alibi mystique avait bon dos. Certes le basketball n'était pas un sport de milliardaires en Europe, mais il gagnait largement sa vie. Il changea d'abord son cercle amical, et presque familial. Ces nouveaux amis passaient leur temps à le couvrir d'éloges. Ceci même s'il passait à côté de ses matchs, c'était lui le meilleur.

Le voir à la veille d'un match, en train de se soûler jusqu'à des heures tardives ne les dérangeait pas. Ils lui servaient de couverture et lui fabriquaient des alibis face à la presse à scandales ou aux supporters mécontents. Il pouvait compter sur leur mauvaise foi, contrairement à ses amis d'enfance qui eux ne se gênaient pas pour lui rappeler qui il était et d'où il venait.

Il en était devenu complexé, et les avait petit à petit éloignés de son cercle où seuls ses laudateurs étaient conviés. Quand les pépins physiques commencèrent à germer, les vrais visages se dessinèrent. Il vît sa bulle s'éclater, ses pseudo amis bifurquer lorsqu'ils surent que sa carrière était compromise. Il devint victime de l'ostracisme, bouté de son propre cercle, démantibulé par l'hypocrisie.

Ce jour-là, l'air candide, dans un de ses rares moments de lucidité, il raconta son histoire à Iba éberlué par son récit. Ainsi il comprit pourquoi cet homme, malgré ce visage souvent mélancolique qui ne devenait facétieux que sous l'effet de l'alcool était si sage. Malgré le poids de l'âge, il dégageait une certaine personnalité et un charisme qui avait résisté à tous ses déboires.

Grand Yves était tellement cultivé à ses yeux qu'il l'avait surnommé l'extincteur des conflits moraux. Car il avait une belle philosophie sur la géopolitique et les questions d'actualité en général. Ses prises de position poussaient à la réflexion, il n'aimait pas juger encore moins condamner et était toujours prompt à proposer une solution. Un vrai diplomate quand il le fallait, mais tout aussi capable d'une fermeté absolue lorsque la situation l'exigeait. Vivre à ses côtés était une autre école de la vie.

Yves l'Américain a subi l'ingratitude des gens qui chantaient hier ses louanges. Son 1,98M, ses 110KG, ses cheveux grisonnants, son parcours tumultueux en ont fait aujourd'hui le « Grand » Yves auprès des jeunes. De la grandeur à la décadence, il a perdu les êtres qui l'entouraient et tous ses biens. Ceux à qui il avait tourné le dos pendant sa période glorieuse ne le lui ont jamais pardonné. Lui l'éponyme du club qui l'a aidé à percer, mais qui en retour n'a jamais profité de son succès.

En donnant au centre de formation son nom, les encadreurs espéraient un geste fort, un parrainage de son club européen. Mais il leur a toujours fait miroiter des sponsors, un équipementier, etc. que des promesses. Ce n'était certainement pas par méchanceté ou quelque chose qui s'en approchait, mais seulement de l'inconscience.

À un moment donné, il a oublié que le temps n'était pas figé et que tout pouvait changer du jour au lendemain. Voilà pourquoi maintenant il est capable de conseiller les jeunes : « faites ce que je vous dis, évitez de commettre mes erreurs et ne vous attardez surtout pas sur ce que je fais, j'ai pu faire, ou j'aurais pu faire... »

Après leur première fameuse rencontre au café, Fred et Iba s'étaient rapprochés et avaient commencé à sceller une belle relation amicale. Fred lui avait trouvé un boulot de réceptionniste auprès d'un des amis de ses parents. Ce travail nocturne lui permettait de mettre de l'argent de côté, après le transport et le reste. C'était un énorme sacrifice, parce qu'il devait veiller au moins 3 nuits dans la semaine.

Ce qui n'était pas évident avec ses études, donc il fallait équilibrer ses deux emplois du temps. Avec l'expérience, il comprit qu'il pouvait profiter du calme nocturne et des espacements entre clients pour étudier. Tout le monde appréciait sa disponibilité, et sa sympathie. La clientèle lui donnait de bonnes notes, ce que son patron apprécia fortement.

Un homme qui ne regardait que la qualité du travail, l'essentiel étant que le client soit satisfait. Iba noua une belle relation avec lui, il apprit que cet homme avait beaucoup voyagé et connaissait assez bien l'Afrique. Il lui parla de grand Yves et monsieur David était heureux de le rencontrer pour lui donner une seconde chance. Il le connaissait à l'époque de sa gloire, à travers les médias. Il trouva son sort injuste et voulu l'aider à se relever.

Grand Yves y vit une bouée de sauvetage, car son divorce lui avait coûté un prix fou. Voilà en partie pourquoi il s'était retrouvé dans cette galère. Il avait habitué cette parvenue, à une vie luxueuse dont elle n'avait même pas osé rêver. Au début du déclin, elle fut la première à quitter le navire. Emportant enfants et économies. Il trouvait la justice injuste, parce que le fait d'avoir sué pendant des années pour gagner cette fortune ne servait pratiquement à rien.

Il fut dépouillé, déplumé et ce qui lui restait fut dilapidé dans des lieux luxurieux pour entretenir l'illusion d'un homme riche et célèbre. Car il survivait dans l'utopie pour faire croire qu'il tenait encore le bout, qu'il avait réussi tant bien que mal à préserver sa fortune. Alors qu'il n'en était rien. Ce qui lui valut encore plus de désagréments. De fil en aiguille, il se retrouva dans les logements sociaux et échappa de justesse à une vie tragique de clochard.

Aujourd'hui il a une nouvelle chance, peut-être même la dernière. Son physique imposant collait bien avec le boulot, et il était polyglotte. Il reprit goût à la vie et déménagea de son appartement qui faisait office de « Grand-Place » pour badauds alcooliques et fumeurs de shit. Mais avant de partir, il prit soin de faire de son mieux pour orienter les jeunes récupérables qui le fréquentaient.

Ainsi Daba fut présentée à l'une de ses connaissances qui était dans le milieu de la musique. La jeune femme comprit finalement que sa grande gueule pouvait servir à autre chose que débiter des insanités, et que son énergie débordante pourrait bien lui ouvrir une belle carrière musicale. Le jeune Paco qui avait un excellent pied gauche, caché par son talent de faiseur de thé nocturne, finit par se remettre aux entraînements et trouva aussitôt un club de division d'honneur.

On se le disputait maintenant. Il était tellement bon que quelques clubs de D2 étaient prêts à l'enrober, avant même la fin de la saison. Aujourd'hui, son destin est entre ses pieds et une belle opportunité de devenir footballeur professionnel était plus qu'évidente. Mami et Babs se marièrent et partirent construire leur avenir en Province. Iba semblait avoir ramené avec lui en ce lieu lugubre, la lumière, l'espoir, la chance...

CHAP V

LA FOI COMME FIDÈLE COMPAGNON, MAIS PAS COMME BOUÉE DE SAUVETAGE, AVEC LE RISQUE INHÉRENT D'AVOIR LES MAINS OCCUPÉES LORSQU'IL S'AGIRA DE CONSTRUIRE SON DESTIN. LE FATALISME EST UNE TARE !

Pour Fred, l'énigme s'appelait Modou. Ce jeune banlieusard jadis son propre dealer lorsqu'il se droguait, transformé en barbu radicalisé après sa énième sortie de prison. Pourtant, Modou et Iba partageaient la même religion, du moins les mêmes fondamentaux. Ce qui paraissait invraisemblable, puisqu'ils étaient en perpétuelle opposition sur la façon de vivre et de pratiquer leur foi.

Modou voulait continuer sur la discussion de la dernière fois, un sujet toujours source de conflits d'arguments avec Iba. Donc il l'attendit à la sortie du café où il refusait d'entrer depuis sa reconversion que les autres trouvaient extrémiste. Il s'habillait maintenant en djellaba, la barbe très longue, un court pantalon bouffant à hauteur des mollets, un bonnet en forme de kippa sur la tête, des chaussettes de sport dans des chaussures de sport de marque.
- Salam Iba,
- Salam Modou.

Modou : tu sais, pour la dernière fois, je suis désolé de m'être emporté contre tout le monde, mais quelque part je ne te comprends pas. Comment toi qui es né et as grandi dans un pays à 95 % musulman, peux-tu être laxiste à ce point ? La religion n'est pas un jeu et on ne peut pas se permettre de jouer aux pseudo tolérants, hypocrites appelés musulmans modérés. On est musulman ou on ne l'est pas.

Iba sourit et le regarda droit dans les yeux, tu me traites d'hypocrite ? Apprendre au sens propre comme figuré ce mot avant de l'utiliser à tort et à travers serait peut-être le début de la sagesse.
Modou : Heu non, je parle dans un cadre général. Quand on est musulman, on ne peut pas se permettre d'être aussi léger face aux préceptes de l'islam.
Iba : ah bon, et quels sont donc ces préceptes ?
Modou : je suis considéré comme musulman radical parce que je ne fréquente pas ces lieux de débauche, par exemple. Là…

Modou pointa du doigt le café-bar d'où venait de sortir Iba, avant de continuer : ce lieu est souillé par l'alcool et les jeux de hasard. Même si tu ne bois pas, tu contribues à l'éclosion de ces lieux, en leur donnant ton argent, en les remplissant. Et tout ceci pour ce qu'on appelle intégration. S'intégrer dans une société ne peut pas aller plus loin qu'apprendre, parler une langue étrangère, se soumettre aux lois justes ou injustes de ce pays, et puis quoi encore ? Vous en faites trop.

Iba : OK, je vois. Comme tu l'as si bien noté, je suis né et j'ai grandi dans un pays à forte population musulmane. J'ai été à l'école coranique avant l'école française, et même en fréquentant l'école occidentale, je continuais à étudier le saint Coran et la « Sunna ». Tu es pourtant né de parents musulmans, mais à toi il t'a fallu une reconversion avant d'apprendre le coran avec des gens que je ne me permettrais pas de juger parce qu'ignorant complètement leur objectif principal, leur motivation.

Mais je sais que le livre est unique, même si les interprétations peuvent diverger selon l'environnement et la culture. Pour ma part, j'ai évolué dans un milieu où la tolérance n'a plus de place parce qu'ancrée dans nos mœurs depuis des générations comme base de nos valeurs culturelles et morales.
Et nous appliquons ce que nous dit le coran : « A vous vos croyances, à nous notre religion... Point de contrainte en religion... Nul n'a le droit de juger son prochain car seul Dieu est juge... » L'as-tu appris au moins ?
Tu ne peux pas te permettre de juger Amina juste sur son port vestimentaire occidental par exemple ou refuser de serrer la main à Fred parce que c'est un païen où je ne sais quoi encore. Ne penses-tu pas que si Dieu voulait un monde parfait, il l'aurait créé lui-même ? Chez moi toutes les fêtes religieuses sont fêtées ensemble dans la joie et la bonne humeur. Nous connaissons nos limites. Sais-tu au moins ce que les autres « extrémistes culturels » pensent de toi ?

Modou : Ah parce que vous avez créé des extrémistes culturels après nous avoir baptisé extrémistes religieux ?!
Iba : Il y a ceux comme toi, qui refusent de se mélanger avec les autres par rapport à la religion, et les autres qui pensent que la couleur de peau est aussi un bon prétexte pour diviser. Le fait de voir un type africain ignorer sa propre culture vestimentaire entre autres, les dérange. Pourquoi tu ne t'habilles pas en mode afro puisque rien ne t'oblige à porter ces vêtements d'une culture différente qui n'ont absolument rien à voir avec la religion ?

Mes jeans et costumes te dérangent et pourtant tu fais la même chose. Tu n'es pas obligé d'épouser la culture occidentale, orientale ou je ne sais quoi encore. L'essentiel est que tu te sentes bien dans tout ce que tu fais, en parfait accord avec tes valeurs. La religion est universelle mon frère, ce n'est pas le vêtement qui fait ou définit le degré de la foi.

Te souviens-tu ? On s'est connus tu étais dealer et braqueur. J'étais hébergé à l'étage en dessous de ton appartement, tu ne l'as pas oublié ? Je croisais tous les jours tes victimes, ton arrogance et ton mépris. Mais sans toi, je n'aurais peut-être jamais échangé avec Fred. La vie est pleine de rebondissements. Aujourd'hui tu as le culot de venir me faire la morale, religieuse de surcroît ?!

Modou : oui mais j'ai beaucoup changé par la grâce de Dieu tout puissant. En prison, j'ai rencontré la foi. J'ai eu la chance incommensurable de rencontrer des hommes bien, qui m'ont transmis le message divin. Ils m'ont fait découvrir la vérité, moi qui étais perdu dans les méandres du mensonge.
Tu parles de dealer, mais n'as-tu jamais cherché à savoir pourquoi je me suis retrouvé à dealer comme beaucoup de jeunes banlieusards ? Je suis parisien mon gars. Je suis né et j'ai grandi ici. Et même toi qu'est venu de ton bled, t'as eu plus d'opportunités que nous autres.

Iba : je sais que c'est difficile pour les jeunes des banlieues, mais cela ne peut justifier le fait de devenir dealer. En plus, c'est faux quand tu dis que j'ai eu plus d'opportunités que vous. Tu es français alors que nous sommes considérés comme sans papiers ou étrangers détenteurs d'une carte de séjour. Notre vie ici est un véritable parcours du combattant et cela, il faut le vivre pour le savoir. On perd le fil du débat qui n'est pas censé être entre nous et vous !

Modou : je te l'accorde, mais nous n'avons presque aucune chance de réussir face au système. À 15 ans j'étais déjà considéré comme jeune délinquant connu des services de police. Je ne te raconte même pas l'état de nos établissements scolaires, et le niveau de nos enseignants. Nous sommes des laissés pour compte, aux avenirs hypothéqués. Face à cette injustice sociale, dans une société à deux vitesses, la colère qui gronde en nous est inqualifiable.

Les longues études ne sont pas pour nous, tant la précarité nous côtoie au jour le jour. Nos parents ont été bluffés, floués, cantonnés dans l'ignorance, dans des HLM, au nom d'un manque d'instruction et d'intégration. Nous n'avons pas eu une véritable vie de famille, avec un père qui se levait à 4H du matin pour revenir l'après-midi complètement lessivé. À la maison, il ne pensait qu'à récupérer ses heures de sommeil, dans un espace restreint pour une famille entière et cela le rendait nerveux.

Notre mère se tapait quelques heures de ménage pour combler les trous, avec quelques aides sociales à gauche et à droite. Non ce n'est pas une vie facile, et surtout pas pour préparer l'avenir de sa progéniture ! C'est avec l'âge et le recul, que nous comprenons mieux les méfaits de la délinquance juvénile, toutes ces conneries d'ado boutonneux, nous coûtent un parcours tumultueux de rejetés, de bannis de la société. C'est un piège, un cercle vicieux. Et seule la foi est la véritable alternative !

Iba : je suis d'accord sur le principe de l'importance de la foi, à condition qu'elle ne soit pas considérée comme une bouée de sauvetage. La foi doit être quelque chose de léger à porter, pour nous aider à cheminer tranquillement, l'esprit et le cœur légers.

Modou : à force de côtoyer des non-croyants, vous risquez de perdre l'essence même de la religion. Ton raisonnement de poids léger ne passera pas, car la foi est un poids lourd. Nous parlons de spiritualité, d'éternel, et non de choses éphémères. Ce n'est pas la peine de te fatiguer, je ne suis pas un illuminé futur djihadiste, même si je les comprends quelque part.

Iba : ah bon ! Et comment donc tu les comprends ?
Modou : face à l'injustice, il ne peut y avoir de logique dans la riposte. J'ai une pensée pieuse pour les victimes innocentes de la barbarie animalière qui habite trop souvent l'être humain, et qui installe un sentiment de peur et de haine dans nos cœurs meurtris. Il ne faut jamais oublier que l'Homme est sacré, à l'image de son Créateur, et que ce qui peut le différencier de l'animal reste son cerveau. Je ne cautionnerai jamais le fait d'attenter à la vie de pauvres innocents, comme cela se fait sous les yeux indifférents et hypocrites du monde, en Palestine, en Afrique et ailleurs, chaque jour que Dieu fait.
Il y a des jeunes diplômés qui vont s'engager aux côtés des groupes armés pour faire la guerre à l'occident et à ses alliés, alors qu'ils sont eux-mêmes occidentaux. C'est le système qui est pourri à la tête et qui fabrique des bombes à retardement, dans toutes les couches sociales. Il ne s'agit plus seulement de jeunes banlieusards aigris, injustement utilisés comme bouc émissaire face à l'absence d'explication rationnelle. La colère gronde de

partout maintenant. La politique partisane a failli, et seuls quelques privilégiés en profitent.

Iba : Tout est calcul, tout est stratégie au nom d'un pouvoir illusoire et la religion n'est qu'une façade. Les organisations diffèrent comme les pseudo croyances religieuses, mais l'idéologie de nos bourreaux est toujours la même : déstabiliser, dominer, terroriser, manipuler. Nous continuerons le débat une autre fois insh'Allah. Mais n'oublie pas pour le rendez-vous chez moi, samedi à 14H…

Modou : t'inquiètes pas mon frère, je suis toujours partant quand il s'agit d'aider mon prochain. Justement, j'en ai discuté avec quelques frères pour récolter des dons par rapport au container dont tu parlais. Tu sais mieux que moi qu'il y a une énorme part de responsabilité des Occidentaux sur tout ce qui se passe en Afrique.

Iba : oui je sais ! Mais là c'est surtout notre localité à Jacques, Amina et moi-même. Nous avons malheureusement nos élus locaux qui ne font pas leur boulot, et nos familles sont sous les eaux lors de chaque période hivernale, ceci avant même notre naissance.

Modou : vos élus ont été à la mauvaise école et ils sèment la mauvaise graine qui est en train de perdre les Occidentaux que certains continuent encore de vénérer en bons laquais. Il est temps que l'Afrique se libère de ses chaines.
Iba avec le sourire : Des fois j'ai l'impression que ton combat est disproportionné. Te prendrais-tu pas par hasard pour une réincarnation de Malcolm X ou Mohamed Ali des années 60 ?

Modou : Tu me fais déjà l'honneur d'y penser, parce que je les admire profondément. Passe une bonne soirée et on se capte pour samedi insh'Allah. Salam !

Iba : salam Modou et à samedi insh'Allah.

Après avoir pris congé de Modou, Iba resta pensif un moment ; pourquoi le monde est aussi imparfait ?

Il observa Modou qui s'éloignait d'un pas décidé, un gaillard robuste et solide à première vue, mais qui refusait obstinément de travailler pour le système. Il s'était mis à son propre compte avec quelques amis pour ouvrir un business, faire les marchés en vendant des vêtements, des chaussures...

À chacun ses choix, à chacun sa vie, à chacun son destin !

CHAP VI

L'UNITÉ NE SE DÉCRÈTE PAS, ELLE SE CRÉE !

Ce jour-là, Iba avait convoqué ses amis Jacques, Amina et Modou, dans l'appartement qu'il partageait avec Fred. Un F4 qui leur suffisait largement à tous les deux. Ils avaient 3 chambres, une cuisine assez grande, un beau salon, et des toilettes toujours en excellent état, pour des célibataires endurcis.

Leurs copines les avaient aidés sur la décoration, de la peinture aux papiers peints, en passant par les meubles. Elles étaient omniprésentes, et quelques fois même envahissantes. Chaque détail avait son importance, ce qui avait le don d'agacer les jeunes hommes, tête en l'air qu'ils étaient, en bons célibataires.

Le célibataire homme a pour habitude de prendre l'essentiel. Un lit confortable, un canapé, une télé, quelques chaises, une table basse, un frigo-bar, un micro-ondes, pour le lavage une machine en occasion ou aller dans les laveries publiques... Mais elles, les couleurs, les tableaux, l'armoire, le tapis, le meuble pour la télé, etc., tout a son importance, tout doit avoir une signification, voire même une histoire et tout doit être en accord, nickel.

Fred venait de sortir de la douche, quand il entendit la voix aigüe d'Amina monter : « Cela ne peut pas continuer ainsi. On ne peut pas se laisser berner aussi facilement par les politiques. Ils ont des budgets pour ces choses-là et ils ne font absolument rien pour sortir les populations de cette misère. C'est inadmissible ! »

Amina était habillée d'un tailleur bleu marine, taillé sur mesure, qui laissait entrevoir ses formes généreuses. Une belle jeune femme au teint noir foncé, tressée à l'africaine. Le visage en forme de cœur, de grands yeux, un nez aquilin et un sourire que ses dents bien alignées et éclatantes de blancheur rendaient ravageur. Une beauté tout à fait naturelle. Mais aujourd'hui, on sentait la colère gronder en elle.

Modou qui était assis sur le fauteuil à sa droite, sobre dans sa djellaba avait pris la parole : « Pour ma part, je suis né ici. Donc je suis considéré au Sénégal comme français, en France comme français d'origine étrangère et même comme étranger pour certains. Alors concrètement qu'est-ce que je peux apporter à votre mouvement, à part récolter des dons en médicaments, vêtements et nourritures ? »

Fred leur lança un bonjour amical, et entra dans sa chambre, en laissant un entrebâillement pour suivre la discussion. Tout en se changeant, il tendit l'oreille, plus intéressé que jamais. Lui la partie qui le concernait, c'était la date du départ car il était plus décidé que jamais. Une troisième voix venait de s'élever. Iba portait un boubou traditionnel africain deux pièces aux couleurs vives. Le haut bleu ciel et le pantalon plus foncé soulignaient son teint chocolaté et son corps athlétique, ses babouches en cuir jaune reposaient à côté de la porte d'entrée.

Il revenait juste de l'épicerie du coin, où il avait pris quelques produits africains qui feraient le bonheur de ses invités : des mangues, des arachides grillées, du thé accompagné de l'incontournable bouquet de menthe, du jus de gingembre et du « bissap ».

« Le plus important, c'est l'engagement, d'où que l'on puisse venir. Que l'on se sente prêt à embrasser une cause pour sa noblesse, par devoir de citoyenneté ou simplement pour combattre une injustice. »
Amina reprit la parole : je suis d'accord avec vous pour qu'il y ait plus de femmes dans le mouvement. Sauf qu'on est les plus exploitées par les prédateurs en tout genre, politiciens véreux en pole position. Nos mères, grand-mères, jusqu'aux aïeules se sont battues à répétition depuis l'avènement de l'humanité, aux côtés d'hommes qu'elles ont fait grandir. Mais quand arrive la victoire finale, on ne récolte que des miettes. C'est une injustice qui ne peut être combattue que par des hommes qui en ont largement profité.

Vous ne pouvez pas continuer à faire la sourde oreille. Je n'accepterai pas d'être utilisée comme appât, car il me sera difficile demain de me justifier auprès de mes amies, de nos connaissances, de personnes qui nous auront suivis avec une confiance aveugle. Ce n'est plus possible. On est toujours en ligne de mire quand il s'agit de faire du social, dans les mouvements associatifs, dans la société civile, on ne voit que les femmes pendant les campagnes de sensibilisation. Mais quand arrive l'heure d'occuper des postes, que nenni. Alors je veux du concret et rien d'autre !

Les trois hommes pris au dépourvu semblaient ronger leur frein, chacun attendant la réaction de l'autre, qui oserait contredire Amina ? Les regards se croisèrent un instant, l'un se gratta le

71

menton, l'autre se caressa les cheveux, le silence commençait à peser quand Iba se racla la gorge. Il croisa ses doigts d'un geste pensif, puis s'adressa directement à Amina : tu as parfaitement raison sur la forme. Mais dans le fond est-ce que toutes ces femmes qui militent dans des mouvements politiques et associatifs ont les moyens humains, voire intellectuels pour occuper le devant de la scène ?

Amina bondit de son fauteuil : que cherches-tu à dire ? Qu'est-ce que tu insinues ?
Iba le fixa droit dans les yeux et lui répondit calmement : j'ai juste posé une question logique, par rapport à ton constat. Si l'on part de l'idée que tout poste doit être mérité, est-ce que la meilleure solution n'est pas de primer les compétences, d'où ma question qui n'a rien de misogyne.

J'estime simplement que nous devons mettre l'homme ou la femme qu'il faut, à la place qu'il faut. Personne n'osera parmi nous trois, te faire des remarques dans ton domaine. Parce que tes compétences sont aguerries, reconnues, et je pense que ceci doit être valable pour les autres. On ne peut pas mettre des femmes, juste pour le décor. En effet, c'est réducteur et cela mérite d'être combattu avec vigueur.

Amina se radoucit et répliqua d'un air plus conciliant : ce que tu dis a une part de vérité, mais ne penses-tu pas que l'idée de base était de nous cantonner à ce triste rôle d'accompagnatrices et de faiseuses de rois ? Les chances doivent être égales depuis le bas âge. L'encadrement de l'éducation des filles doit être l'une des mesures phares de chaque nouveau gouvernement. Regardez bien quels sont les enfants les plus exploités dans les marchés, des gamines de rien du tout, vendeuses de produits alimentaires et autres. Tout ceci doit arrêter. C'est en grandissant dans l'ignorance que l'on développe des complexes d'infériorité. Voilà pourquoi je vous demande d'aller plus vers la gent féminine, leur parler et les traiter d'égal à égal.

Bah c'est ce que nous sommes en train de faire non ?! Iba venait de reprendre la parole sur un ton plus posé. Quand on cherche à combattre un système moyenâgeux, il faut d'abord s'armer de patience. On n'est pas des magiciens. Les choses ne peuvent pas changer en un tour de main ou du jour au lendemain, comme tu sembles l'exiger. Nous partons d'une bonne intention, mais les actes ne pourront suivre qu'avec la confiance de nos proches. Je ne voudrais pas verser dans un dialogue de sourds hommes-femmes, parce que là n'est pas le véritable débat. On est censé se compléter, non se combattre.

Amina reprit : bien reçu, donc voici ma vision de la chose politique. Personnellement je me définis comme africaine avant d'être sénégalaise. Et je vois que pour beaucoup, le Sénégal est un exemple de démocratie en Afrique. Une vitrine même de notre cher continent. Cette Afrique qui n'arrête pas de nous offrir perpétuellement des spectacles désolants de confiscation du pouvoir, de monarchie anarchique, avec au passage leur lot de victimes. S'arrêter justement à un changement de régime, découlant d'un verdict du peuple souverain n'est-il pas se contenter du strict minimum ? Les trois hochèrent la tête en signe d'approbation.

Elle enchaîna : ce qui est normal ailleurs devient exceptionnel chez nous ! Le changement de dirigeants est souvent synonyme de

73

jeu de chaises et de transhumance. Nous donnons l'impression de faire du sur-place à temps plein. Je crois fermement que le Sénégal peut devenir le socle de la renaissance africaine. Une renaissance à l'opposé de l'imposture d'un monument ou de manifestations dont le but est de détourner les populations de leurs véritables problèmes, avec des discours fallacieux.

Pour ce, il faut aller plus loin dans nos exigences vis-à-vis d'individus que nous avons choisis à tous les niveaux ; mairie, assemblée, présidence… L'Afrique a besoin de sang neuf, d'une vision nouvelle. Et c'est une grave erreur de se satisfaire d'une utopie de démocratie. Les nouveaux venus haranguent constamment : « laissez-nous le temps de travailler ! » Mais comment peut-on avoir été opposant pendant des années et ne même pas avoir une feuille de route claire, bien définie ?

Non, ils se voilent derrière cet argument simpliste qui traduit nettement une volonté de masquer leurs carences. Celui qui agonise n'a point le temps, encore moins l'envie d'un nouveau diagnostic, pour un nouveau traitement alambiqué, avec des remèdes à coup de fariboles.

Ainsi Amina venait d'étaler sa pensée politique en un trait. Elle soupira longuement en s'adossant plus confortablement sur son fauteuil, avec toujours beaucoup de raffinement. Elle venait encore de marquer des points aux yeux de ses amis. Sa plaidoirie comme d'habitude, avait marqué les esprits.

Modou demanda la parole : ma position reste encore loufoque. J'aime bien m'identifier à quelque chose de positif. Mais quand je regarde les infos sur l'Afrique, j'ai mal au cœur. Il se trouve que j'ai grandi dans un environnement où l'Africain arrivé du vieux continent, est taxé à titre péjoratif de « blédard » ; oui cela peut prêter à sourire. Je vous comprends puisque j'ai été plusieurs fois à Dakar. Il m'est arrivé de secrètement envier l'espace dans les maisons, les cours où les hommes discutent autour d'un thé « 3 normaux », pendant que les femmes s'attellent aux tresses, à la cuisine, etc. dans une ambiance bon enfant.

En Afrique, on m'a regardé comme un jeune homme important, du moins je l'étais aux yeux de ceux qui ignoraient les réalités d'ici.
Iba lui coupa la parole : c'est cela qu'on appelle « téranga », hospitalité.
Dieu sait que j'en ai profité, continua Modou. Mon accent quand j'essayais de m'exprimer en wolof faisait rire, mais j'ai voulu retrouver mes racines. À force de croiser des jeunes comme moi faire les p'tits malins dans des lieux comme les boîtes de nuit, je me suis posé des questions sur ce que j'apportais concrètement pendant mon séjour, à cette société qui m'accueillait à bras ouverts sans rien attendre de ma part. Des potes qui n'avaient même pas de chambre individuelle chez eux, tellement l'espace était restreint dans nos appartements des HLM, se retrouvaient dans un luxe inimaginable pour nous en France.

Donc je sais bien de quoi je parle. Le terme « blédard » est en fait un complexe vis-à-vis d'individus qui sont venus, qui ont retroussé les manches pour intégrer une société souvent hostile, afin de construire quelque chose. Nos géniteurs sont passés par là, et nous sommes quelque part des enfants de « blédards ». Alors si je peux contribuer à faire du bien là-bas, je suis partant. En grandissant j'ai appris à devenir plus fier, en me disant qu'il y avait des choses plus importantes que les classes sociales entretenues par une certaine élite. Je ne vous le cache pas, sur place il y a aussi des choses qui m'ont choqué pour ne pas dire marqué à vie. Ce fut le cas des « talibés ». Je ne me serai jamais imaginé que ce genre de choses pouvait exister dans un pays aussi accueillant, à moins que mon interprétation de la situation soit erronée.

Amina : non je ne crois pas, cela m'a toujours choquée et continuera de me choquer, malgré le fait de les avoir côtoyés depuis mon enfance. Je ne m'y habituerai jamais.
Modou : c'est le fait de s'habituer à cela qui m'aurait choqué davantage. J'ai essayé de comprendre difficilement comment des parents avaient pu avoir la lâcheté de confier l'éducation de leurs enfants à d'autres, sous l'aval d'un enseignement incertain puisque ces gamins passent tout leur temps dans la rue.

Doucement réagit Iba, j'ai fait ces écoles coraniques appelées communément « daaras », mais cela ne m'a pas pour autant empêché de continuer mon chemin. J'ai été à l'école occidentale parallèlement, et d'autres parmi mes amis sont devenus patrons dans leurs métiers respectifs. Le problème principal, c'est l'encadrement.

Fred sortit de sa chambre et proposa un café aux invités du jour qu'il connaissait tous, pour les avoir rencontrés plusieurs fois, mais dans différentes circonstances. Iba lui avait parlé vaguement de son projet de réunir quelques amis sénégalais de l'extérieur, afin de contribuer au développement de leur pays, par le biais d'un mouvement citoyen. Il ne voulait pas interférer sur le débat en cours, mais se sentit le doigt levé comme en classe. Cette image bon enfant le fit sourire. Est-ce que je peux me joindre à votre intéressante discussion ?

Oui, on est ensemble ! S'exclama Une quatrième voix, presque enjouée. Nous parlons du Sénégal, de la France, de l'Afrique, bref du monde quoi. Jacques était habillé en costume trois-pièces, qui allait bien avec son air joyeux. Ses chaussettes étaient même assorties avec la cravate rouge bordeaux dénouée sur une chemise blanche. Il mit une tablette sous les yeux de Fred et lui dit : lis ceci et tu auras déjà un aperçu du sujet. C'était lui qui s'occupait de tout ce qui était communication. Il était là depuis le début, silencieux dans son coin, en train de prendre des notes.

« Grand-Yoff le mal loti !!! »

Rares sont ceux qui ont mis les pieds à Dakar sans avoir eu à séjourner ou ne serait-ce que passer par Grand-Yoff, carrefour de la capitale. Un melting-pot qui interpelle la réflexion à un moment où le monde se cherche à ce sujet. Depuis l'indépendance du Sénégal, ce quartier devenu populeux par la force des choses a toujours eu son mot à dire sur le destin des prétendants à la mairie de Dakar, voire à la magistrature suprême, de par la diversité de sa population, autant culturelle que religieuse, sans aucune ambiguïté.

Mais en retour qu'est-ce que ce grand village au cœur de la capitale y a gagné ? L'amour n'est beau que lorsqu'il est partagé ! Sinon, l'une des deux parties risque de se retrouver sur le carreau, le cœur en lambeaux. C'est ce qui est arrivé à Grand-Yoff qui a tout donné sans jamais rien recevoir en contrepartie. Longtemps abandonné à son sort de sinistré à l'âme meurtrie par les assauts des inondations en passant par l'insécurité et les litiges fonciers, le peuple de Grand-Yoff reste hagard devant le défilé lassant des élus locaux, excellents dans l'art du saupoudrage pré-électoral.

Derrière tous ces facteurs de désespoir d'où peut découler la débauche d'une partie de la jeunesse, d'autres ont décidé de rester debout et réticents à la défaillance morale, ainsi qu'à toute autre forme de corruption.

Le développement d'une nation passe irrémédiablement par les localités. Ainsi en s'engageant à rebiquer leur localité à travers des mouvements associatifs, citoyens, la jeunesse consciente contribue au développement de la Nation. La meilleure arme du citoyen reste sa voix électorale, son choix patriotique. Nous vivons dans une démocratie qui nous permet de choisir au moins nos gouvernants.

Alors tâchons de faire un noble choix, en notre âme et conscience, au-delà de tout sentiment étranger à l'intérêt commun ; loin des combats fratricides ou subversifs et autres calculs de bas étage pour le maintien ou l'acquisition d'un confort illusoire, au détriment de la majorité absolue. Hormis leur incompétence, certaines autorités flirtent avec l'inconscience, en s'emmurant dans un esprit de domination, donc de mépris vis-à-vis de populations qui les ont élues.

Que peut-on attendre d'individus capables de vendre l'espace public à des personnes privées au risque d'étouffer la ville ; d'individus qui ne se soucient même pas du délabrement des lieux d'éducation publique et qui ignorent complètement les rêves et projets de la jeunesse ? Des élus locaux cloîtrés dans leur bulle utopique garnie d'une superbe vision jamais concrétisée, toujours aussi perfectionnistes dans le clientélisme et la forfanterie.

Combattre, radier la corruption avec véhémence est un devoir moral pour tout citoyen épris de justice, parce que véritable couardise nationale qui gangrène notre société. Pour paraphraser l'illustre Ghazali : « la valeur de celui qui ne pense qu'à remplir son ventre n'a d'égale que ce qui en ressort ! »

Fred était tellement absorbé par la lecture qu'il n'avait pas remarqué le silence autour de lui et surtout le centre de toute l'attention qu'il était devenu. Il souleva la tête et croisa quatre paires d'yeux interrogateurs, et la voix de Jacques tonna comme un son de cloche : « t'en penses quoi ? »
Waouh… cela me renvoie directement aux discours d'un de mes anciens professeurs que mon père taxait de communiste. Tout le monde sourit et Iba d'insister : « sur le fond ?! »
Fred : J'ai déjà eu plusieurs fois l'occasion d'échanger avec vous, concernant particulièrement la situation géopolitique de votre continent. Mais j'attendais ce genre d'initiative dont Iba m'avait fait écho, sauf qu'il avait souligné la difficulté de regrouper vos compatriotes, avec les milliers d'associations qui existent déjà. Mais s'il y a du concret, je serais prêt à vous donner un coup de main. Soyez assurés de mon engagement sans faille à vos côtés.

Et c'est ce que j'ai dit à Iba, lorsqu'il m'a informé de la création de votre association pour lutter contre les maux qui rongent votre quartier d'origine, car cette localité parmi tant d'autres souffre des inondations, chaque saison des pluies. Des situations catastrophiques qu'aucun être humain n'aimerait vivre, ne serait-ce qu'une seule fois dans sa vie. Alors je me sens concerné et je suis partant pour m'investir humainement, selon mes moyens et mes possibilités.

Jacques : eh oui, nous avons décidé de descendre dans l'arène. Y'en a plus que marre de l'oligarchie, nous méritons mieux et l'espoir de vivre des lendemains meilleurs nous galvanise, mais ne nous fera point vivre mieux. Le népotisme passe quand la masse complice continue de croiser les bras. Fermer les yeux est une forme de lâcheté, comme abdiquer devant ce déséquilibre social injuste que subit une partie de la population. Si s'offusquer est un devoir, alors se rebiffer devient un acte citoyen !

C'est une lapalissade que de dire que nos élus locaux sont à côté de la plaque, parce qu'entourés de larbins, ils sont déconnectés de la réalité que vivent les populations. Il est plus que temps de se débarrasser de ces politiciens véreux, caciques, vieux briscards et autres parvenus qui s'accrochent à un poste comme un noyé s'accroche à une bouée de sauvetage. Ils ont failli à leur mission en faisant preuve d'incompétence et de mépris vis-à-vis des populations.

Autour de mouvements citoyens, les jeunes auront leur mot à dire, en prenant leur propre destin en main. Lorsqu'il s'agit de potentiels candidats à des élections locales ou nationales, c'est le destin de toute une nation qui se joue et pas d'un homme ou d'un parti politique, encore moins d'une confrérie. L'intérêt de la localité, l'intérêt du pays avant n'importe quel individu ou conglomérat d'arrivistes. Un choix patriotique à la place de calculs politiciens de bas étage.
Ainsi nous pensons que l'homme providentiel n'existe pas mais c'est l'union qui fait la force, car il n'est pas donné à n'importe qui cette grandeur d'âme qui peut faire d'un citoyen, le représentant de toute une communauté.

Je peux ? Lâcha Modou avec un regard interrogateur. Les autres hochèrent la tête en guise d'approbation. Tournant la tête vers Fred, il lui lança : d'abord on te remercie pour l'intérêt que tu portes au projet, parce qu'il n'est pas toujours évident de s'ouvrir aux autres. Ainsi l'inconnu demeure un mystère, et le fait d'échanger ne fait qu'enrichir le débat. Nous sommes tous citoyens du monde. Mais l'Afrique est assise sur une mine antipersonnel fabriquée par l'occident. Ce continent, berceau de l'humanité, a été spolié, sucé jusqu'à la moelle par des vampires à tour de rôle. Ses dirigeants sont choisis parmi les larbins les plus fidèles aux intérêts occidentaux, ses richesses arrachées par tous les moyens. Non, s'indigner est un petit mot. Il faut un soulèvement populaire, comme celui qui a conduit à la Révolution française.

Amina coupa net : plutôt une révolution intellectuelle je dirais. On est au 21e siècle quand même. Et Modou de continuer : prenons l'exemple en France sur nous qui sommes appelés enfants issus de l'immigration. Nous avons l'avantage ou le désavantage d'être souvent confrontés à un milieu hostile. Tu vois ce que je veux dire ? Hostile parce que complètement à l'opposé de nos valeurs culturelles, de nos racines. On se bat au jour le jour, plus que d'autres étrangers européens même, dans notre propre pays. Il faut faire plus que la moyenne pour s'exfiltrer des cités, où nous sommes parqués comme du bétail.

T'es dur quand même renchérit Amina.
Non je suis juste réaliste!
Jacques effectua un bruit de fond de gorge pour s'infiltrer dans l'échange Modou-Amina, en cassant littéralement l'élan de Modou qui en profita pour se désaltérer.

Au fait vous prenez quelque chose? S'enquerra Iba qui alla chercher des boissons. Merci, je reprendrais juste un café, fit Jacques. Il fit le tour, remplit les verres et revint s'assoir.

Alors où est-ce qu'on en était ?

Je voulais juste rebondir sur un point, dit Jacques. Il y a certes un amalgame entretenu sur les immigrés puis sur leurs enfants en France. Mais je crois que le plus important est de se définir une place dans cette société, s'imposer parce que chez soi ou s'adapter parce qu'étranger. Et pour ce, il faudra d'abord s'assumer, assumer son identité française ou son statut d'étranger.

Pour ma part, je suis sénégalais résident en France. Mon pays hôte où je travaille, cotise et paie mes impôts. J'ai un statut forcément différent de celui de Modou et une vision un peu différente sur l'état de la société française. On ne peut pas être constamment à cheval entre deux continents, mais personne n'a le droit de renier ses origines. Il est tout à fait possible d'être français tout en gardant ses valeurs culturelles et religieuses, contrairement à ce que l'on veut nous faire croire.

Une société supposée être civilisée doit être en mesure de gérer les différences, en les transformant en une richesse multiculturelle, multi-ethnique. Sinon cela reviendra à la figure perpétuellement comme un boomerang. Je pense que cette sclérose des partis politiques français découle d'un échec de la politique économique et sociale exercée sur sa propre population, et une autre forme de politique d'exploitation et de domination permanente envers l'Afrique, ceci depuis plusieurs décennies. Ce qui explique en partie, l'état révoltant de nos pays africains francophones, vaches à lait de l'ancien colon depuis les indépendances de façade.

Je suis désolé Modou, mais le comble de l'ironie étant le comportement irresponsable de ces Français dits « issus de l'immigration », comme toi. Vous subissez la discrimination à l'embauche, vous êtes comme tu l'as dit, parqués dans des cités malfamées. Des citoyens qui côtoient dealers et bannis de la société, donc l'avenir de leurs enfants est quelque part hypothéqué, mais qui peuvent se payer le luxe de l'abstention. Cela rime à quoi ?

Heureusement que d'autres parmi vous, ont décidé de préserver leur lucidité pour ne pas tomber dans le nombrilisme primaire : ne penser qu'à sa gueule !!!
Ce n'est pas pour toi, mais je pense que le réconfort du loser, c'est justement d'aller faire le p'tit malin dans son pays d'origine, en essayant d'y transposer le mépris qu'il subit en occident au quotidien, par pur complexe. Il est bon par moment, de se rappeler qui on est et d'où l'on vient avant que d'autres ne nous le rappellent.

Je ne me lasserai jamais de le dire, l'immobilisme latent d'un peuple qui se dit opprimé, est une forme de suicide collectif. Oui il faut une véritable révolution, au-delà de l'indignation. Mais il faut d'abord commencer par aller voter, car une certaine France s'assume de plus en plus. On a beau nous expliquer le contraire dans des élucubrations sous forme de calculs mathématiques, mais les jeunes, les ouvriers français, et surtout les abstentionnistes ont décidé de faire du parti de l'extrême droite leur porte-voix.

Iba intervint encore une fois pour recadrer le débat, mais ne put s'empêcher de parler de la Françafrique. Nous avons largement le temps de parler de la France, aujourd'hui le principal sujet devait être le Sénégal, Grand-Yoff, l'Afrique. C'est la cupidité et l'incompétence au sommet qui nous rongent. Nous africains sommes d'abord victimes de dirigeants incultes qui refusent de couper le cordon, soumis à un « maître » que nous avons assez nourri, entretenu et défendu au prix fort.

Nos pères et grand-père sont tombés pour la France. Il faut se rendre à l'évidence, lorsqu'il s'agit de donner des solutions à défaut de faire des propositions concrètes, il n'y a plus personne. Quand le berceau de l'humanité perd de son humanisme et sombre de plus en plus dans l'abîme, l'espoir aussi se perd au niveau sociétal et le chaos s'installe confortablement. Dans certaines contrées, la religion est juste un prétexte comme peut l'être malheureusement l'ethnocentrisme ou je ne sais quoi encore.

Il y aura toujours un motif pour se regarder en chiens de faïence à défaut de se taper dessus. La preuve, ces populations qui meurent de faim, mais toujours lourdement armées jusqu'aux dents. Le manque d'éducation, la pauvreté associée à la haine de l'autre ne peuvent que produire un cocktail explosif. Un cerveau défaillant qui commande un corps fatigué : une poudrière ! Nous nous devons d'être la nouvelle alternative concrète, une force de proposition, avec des hommes et des femmes intègres, soucieux du devenir de leur continent.

Avoir de la compassion envers des victimes d'injustice est humaine, se mettre à la place des autres est humain et intelligent, se focaliser sur soi-même, pleurnicher au point d'exiger des autres qu'ils ne voient que ton propre malheur n'est qu'une forme de lâcheté. Quand on n'est pas d'accord avec un système, on se lève et on se bat ! Un combat commence en soi-même, contre soi-même, et pour soi-même, puisque les autres n'en ont rien à cirer de ta petite personne.

Si on est dans le vrai, ou plutôt si l'on se croit dans le vrai, alors pas besoin de larmoyer, du moment que la vérité finit toujours par triompher. Et franchement c'est lourd et pompant de jouer aux révolutionnaires de salon à deux sous, bien calfeutrés derrière un laptop, éternels donneurs de leçons ; trop facile, c'est bon quoi. Il est temps de descendre sur le terrain !

CHAP VII

DEMAIN, UN AUTRE JOUR !

Jacques sur le chemin du retour, se remémora les événements qui l'ont marqué à vie. Il se félicita d'avoir toujours préservé ses relations amicales avec ses amis d'enfance, tout en remerciant le Seigneur d'avoir étayé, aiguisé sa foi en Lui, pendant les moments de turpitudes. Ce n'était pas un disciple régulier de l'église, mais il s'y rendait en famille le dimanche quand il en ressentait le besoin, sans parler des fêtes religieuses qu'il respectait profondément. Il se rappela de ce jour fatidique où il s'était réveillé dans son véhicule, les membres endoloris. Il venait encore une fois de se disputer avec madame et avait jugé bon de sortir prendre de l'air.

Ce n'était pas un grand buveur, mais la colère et la déception l'avaient poussé à lever le coude plus de fois que d'habitude. Un sentiment d'incompréhension et d'injustice lui avait compressé le cœur au point de lui faire ressentir un besoin inhérent de verser des larmes. Pourquoi moi s'était-il écrié ? Comment est-ce qu'il en était arrivé à ce stade ? Pourtant, il a vécu de belles années avec elle. Une belle rencontre, un coup de foudre et une belle histoire derrière, jusqu'à cette période néfaste où tout devient problématique, une tension palpable dans toutes les pièces de la maison.

Ce jour-là, un Jacques désabusé sortit de sa voiture, s'étira tout en bâillant, avant de se diriger mollement vers ce bar-café où il aimait passer du temps pendant ses moments de blues. Souvent assis au fond, il enchaînait les cafés, regardant les matchs de foot du week-end qu'il n'arrivait plus à suivre à la maison, tant Rosalie avait la main mise sur la télécommande. La petite télé qu'il avait aménagée dans la chambre devînt aussi source de conflit, madame lui reprochait de s'isoler maintenant. Son téléphone, sa tablette, tout pouvait passer pour un moyen de s'éloigner davantage ou de fuir le débat.

Cela l'étouffait à un point que personne ne pouvait imaginer, et il se mît en quarantaine dans son propre foyer, sauf que cela ne pouvait durer éternellement. Il avait décidé de réagir et d'en finir une bonne fois pour toutes. Derrière le comptoir, les yeux rivés sur sa tasse de café, Jacques plongea dans un rêve éveillé, happé par un flot de souvenirs. Non, il n'avait pas à regretter le fait d'avoir sacrifié énormément de choses pour la femme qu'il aimait. Elle aussi avait fait beaucoup de sacrifices pour la survie de leur couple. Ils s'étaient rencontrés au collège et ce fut une période formidable, dans l'insouciance de l'adolescence. Ils se sont aimés en toute innocence, face à l'influence de l'entourage familial qui cherche toujours à fabriquer ce qu'il pense être le meilleur pour un enfant.

Ils ont résisté, face aux nombreuses tentatives de déstabilisations en tout genre, allant de l'âge à l'ethnie, en passant par l'aspect financier. L'amour avait gagné, ils avaient réussi à faire bloc contre un ennemi féroce. Rosalie était en perpétuel conflit avec sa mère qui voulait la mettre avec ce riche commerçant venu du Sine Saloum, un homme qui avait presque le triple de son âge et qui souhaitait en faire sa quatrième épouse. Elle avait à peine 20 ans, mais sa mère trouvait que cet homme était parfait ; généreux, de bonne famille, mature...

Une situation qui n'enchantait pas le papa, qui de son côté l'avait promise au fils de son frère. Un mariage arrangé depuis la naissance de Rosalie, et le non-respect de la parole donnée pouvait créer des remous entre le père et son grand-frère, susceptibles de soulever des tensions au sein de la famille qui tenait à préserver certaines valeurs culturelles. Ce fut une époque très difficile pour les deux jeunes tourtereaux qui venaient de découvrir un monde intolérant, un monde où des adultes avaient un droit absolu sur leur devenir, sans pour autant tenir compte de leur volonté. Ils avaient un seul devoir, celui d'obéir donc de subir, et aucun droit.

Au lieu de les affaiblir, cela les galvanisa et les rapprocha davantage ; parce qu'ils s'aimaient tout simplement. L'amour est l'arme la plus puissante au monde, pour qui sait l'utiliser. Il peut faire tomber toutes les barrières, il fait tourner la terre autour des cieux, il remplit nos poumons d'air frais et purifie notre cerveau. L'amour est le meilleur remède pour le cœur, il soigne du désespoir et revigore contre les faiblesses du corps et de l'esprit. L'amour est beau, l'amour est bon, l'amour est bien !

Jacques est originaire du sud du Sénégal, la verte Casamance de ses aïeuls. Une région naturellement riche, mais prise dans les méandres d'un conflit sans fin. Des conflits trop souvent provoqués et entretenus par des hommes aux motivations douteuses voire malsaines. Un paradis parmi tant d'autres, transformés en zones lugubres de non-droit, en proie à des individus aux actes irresponsables, mus par des intérêts personnels et rien d'autre. Sous couvert d'idéologies fabriquées de toutes pièces, ils sacrifient des générations entières.

Et comme dommages collatéraux, on assiste impuissants à la naissance d'illuminés, gavés de discours fallacieux au point de chercher et de créer la division dans des pays déjà faibles face aux ogres qui dirigent ce monde. L'union fait la force, et tous ceux qui se battent pour diviser des populations appelées à vivre et à cohabiter ensemble pour continuer à exister, font du mal à l'humanité entière. La division n'a jamais été une bonne solution, à fortiori dans une même famille. On vit ensemble, on construit ensemble, on défend ce que nous avons bâti ensemble... Et on meurt ensemble !

La mère de Rosalie ne voulait rien entendre en ce qui concernait Jacques. Ce jeune homme avait à peu près l'âge de sa fille, donc un simple amour de jeunesse à ses yeux, pauvre de surcroît, alors qu'elle rêvait pour elle de grandes noces, de ce jour où elle récupérera ses investissements chez les autres, car elle avait effectué des placements qui devraient être rentabilisés lors du mariage de sa fille. Elle a offert de l'argent, des pagnes de valeurs, des bijoux, des accessoires de cuisine, à chaque fois qu'une des filles de la famille était donnée en mariage, sans oublier les filles de ses copines de tontine, voisines... Non ce serait trop facile et injuste de baisser les bras, d'abdiquer face aux exigences d'une jeune écervelée.

Elle s'investit contre vents et marées à détruire cette union. Ses amies lui avaient recommandé des marabouts qui n'ont rien pu faire, malgré les talismans, eaux soi-disant bénites à mélanger avec de la nourriture, à faire manger ou boire à sa fille, etc... Mais rien n'y fit, malgré les menaces de rejet ou le caractère acariâtre de ses géniteurs à son encontre, Rosalie continuait à s'accrocher à l'amour de sa vie. Cette fille croyait aux contes de fées et personne ne pouvait l'obliger à renoncer au sien, elle le vivait et voulait simplement que le reste du monde le voie ainsi, l'accepte et partage avec elle son bonheur au lieu de chercher à le torpiller.

De l'autre côté, son papa insistait sur les différences ethniques qui pouvaient engendrer des divergences culturelles et affecter leur futur mariage. Eux sont originaires du sud de la petite côte sénégalaise, au nord de la Gambie. Une belle région qui tient son nom d'un delta formé par la confluence de deux fleuves, le Sine et le Saloum. Ironie du sort car si deux fleuves pouvaient se rencontrer, confluer majestueusement, en plus d'un bras de mer qui laissait entrer l'eau salée dans les terres du Sine Saloum, deux personnes qui s'aimaient tendrement ne pouvaient en faire autant pour des raisons d'origine, d'ethnie, etc...

Le genre d'exemple que nous offre la nature, et qui devrait appeler l'être humain à mieux réfléchir, et à apprécier sa propre nature. Respecter la nature, c'est se respecter ! En réalité le père de Rosalie tenait simplement à respecter ses engagements vis-à-vis de sa famille, pendant que celle de Jacques n'en avait cure, ce qui l'intéressait, c'était le bonheur de son enfant. C'est dans ce contexte particulier que les deux jeunes amoureux ont décidé de cheminer ensemble. Jacques finit par abandonner ses études, officiellement pour ne pas devenir comme son frère aîné, "maîtrisard" et chômeur depuis plusieurs années.

Peut-être qu'il se trompait lourdement, mais l'idée de rester sur les bancs de l'école avec cette pression permanente de ces vautours, nantis qui tournoyaient autour de sa bien-aimée l'embrouillait. Il voulait s'en sortir le plus rapidement possible, et la meilleure solution qui se présentait, était un voyage vers des prairies plus verdoyantes. Il décida alors de se lancer dans l'aventure occidentale. Jacques activa son réseau de parents qui vivaient à l'étranger, et ses oncles joignirent leurs efforts pour l'aider à s'en sortir. Ainsi naquit sa vie tumultueuse d'aventurier, une vie riche en émotions. Entre expériences utiles et déceptions humaines, rencontres mémorables et séparations douloureuses, le jeune sénégalais construisit son destin.

Arrivé chez un de ses oncles maternels qui vivait en Seine Saint-Denis, il se retrouva coincé en tant que sans-papier dans une chaude banlieue parisienne. Chose qui ne lui faisait pas peur, vu d'où il venait et son parcours chaotique. Mais ce qui le dérangeait le plus, c'était de côtoyer son propre cousin, un dealer qui menait une vie de pacha et qui pouvait influer négativement sur ses jeunes frères et sœurs. Les parents essayaient de donner une bonne éducation à leur progéniture, mais la rue avait sa partition à jouer, et elle n'était pas toujours bonne, ou du moins pas comme on l'aurait souhaité. Les enfants étaient brillants, les yeux pétillants de beaux rêves, l'esprit libre et fertile vagabondant à souhait, et le cœur emplit d'espoir qui s'étiolait chaque jour un peu plus au contact de leur environnement. Oui c'était comme ça dans la cité où Jacques venait de déposer son baluchon.

Les politiques successives en quête de solutions définitives n'ont encore apporté aucune solution à ces problèmes de banlieue. Ce qui rend sceptique quant à la réelle volonté de changer les choses. Le jeune homme las de courir derrière l'administration française pour les papiers et un peu désabusé par les contrôles souvent abusifs de faciès, décida de tenter sa chance ailleurs. À l'époque, certains pays comme l'Italie et l'Espagne effectuaient des régularisations massives, basées sur des preuves concrètes comme le nombre de mois passés sur leur territoire, un contrat de travail, un justificatif d'hébergement, une promesse d'embauche, etc...

Une régularisation qui permettait non seulement d'avoir une idée claire sur le nombre d'étrangers vivant sur leur territoire, mais aussi de faire un travail déclaré, de payer leurs impôts, et donc de contribuer à l'éclosion de leur économie. Et c'était souvent le job que l'Européen de base ne voulait pas se taper qu'ils avaient un fier plaisir à faire, afin de subvenir dignement à leurs besoins.

Arriva alors un ministre de l'intérieur français d'origine hongroise, un homme qui n'avait rien compris avec ses tristes airs de monarque du nouveau millénaire. Sous couvert du manteau d'un enfant dont le père est issu de l'immigration, et qui a su malgré tout gravir les échelons jusqu'au sommet, il étala toute son arrogance sur les Africains. La frontière entre l'ignorance, la peur de l'autre et la haine raciale étant infime, le racisme devint petit à petit anodin dans certains milieux, parce que banalisé. Les langues se délièrent de plus en plus et l'extrême droite devint dans la foulée, le premier parti de France.

Jacques dans sa quête de papiers alla en Italie où il fut très bien accueilli par ses compatriotes, particulièrement Mamadou qui lui offrira l'hospitalité en tant que fidèle ami d'enfance. Ils avaient beaucoup partagé ensemble et ni le temps, encore moins la distance n'avait altéré leur relation amicale, avec Iba comme troisième larron. Il resta chez son ami deux ans pendant lesquelles il apprit une nouvelle langue, découvrit de bons plats italiens, se fît de nouveaux amis, avant de voler de ses propres ailes. Il resta surtout, fidèle à son amour de jeunesse.

Aidé par Mamadou, il se fera régulariser seulement quelques mois après avoir mis les pieds sur le sol italien. Un boulot de manutentionnaire dans une petite entreprise familiale lui permit de mettre un peu d'argent de côté et de demander la main de la fille qui avait fait un énorme sacrifice pour les deux, d'abord en refusant de céder à la pression familiale, en acceptant de l'attendre sans aucune garantie qu'il lui resterait fidèle.

Jacques fera venir plus tard son épouse Rosalie, qui sous son insistance, son soutien moral et financier, avait continué ses études dans un domaine qu'ils jugeaient utile à leur localité en proie aux inondations pendant chaque hivernage. L'esprit de l'engagement citoyen était déjà là. Quelque part, les longues études pouvaient servir de prétexte pour refouler gentiment ses prétendants, et en même temps assurer potentiellement son avenir avec des diplômes supérieurs, malgré la crise de l'emploi qui sévissait et qui continue de sévir dans le pays. Ils trouvèrent ensemble une solution à travers l'inscription de sa femme dans une université française qui lui permettait de faire son doctorat en génie civil.

Le mari organisa tout, dans les détails les plus précis. De la co-location de son épouse avec une autre étudiante, à l'inscription et même à la recherche d'un stage ou de petits boulots par anticipation aux futures difficultés financières, monsieur avait tout prévu. Elle arriva dans d'excellentes conditions et tout se déroula à merveille. Les premières années se passèrent mieux qu'ils espéraient et Jacques dans la foulée, vint retrouver sa dulcinée après que celle-ci fut diplômée.

Rosalie s'était bien insérée dans la vie active française en trouvant un travail qui leur permettait de prendre un appartement confortable, donnant l'occasion à son mari de revenir dans ce pays qu'il avait quitté pour des raisons administratives. La famille s'agrandit ; un, deux puis trois enfants qui les poussèrent à acheter un pavillon. Jacques fort de son expérience dans la manutention avait lui aussi trouvé un bon job et un salaire raisonnable. Bref, tout semblait aller comme sur des roulettes, même s'il y avait des frictions passagères comme dans n'importe quel couple.

Il est très difficile pour un couple d'étrangers africains de vivre en Occident, avec les réalités africaines, à contre-courant de celles occidentales. La situation du couple ayant évolué, les mentalités de l'entourage familial de madame avaient évolué avec. Jacques était finalement accepté, mais avec beaucoup de réserves. La nouvelle pression que sa belle-mère exerçait sur son épouse, était sur les réalisations matérielles. Elle était devenue cadre et le monde entier devait en être informé, de par la transformation de la maison familiale, des parures de sa mère, des dons aux oncles et tantes... des dépenses abusives encore et encore qui commençaient à interférer dans sa vie de couple, vu que son mari était un peu plus réaliste sur certains sujets.

Son parcours l'avait aidé à prendre du recul sur tout ce qui ressemblait à du gaspillage. Jacques n'en pouvait plus, et de querelle en querelle, ils décidèrent de se séparer. S'en suivit une bataille juridique qui révélait aux yeux des incrédules, combien les biens matériels étaient importants pour certains. Le mari décida de laisser tomber, se disant dans le fond que tout reviendrait plus tard aux enfants. Cette idée sera source de consolation. Ses sœurs voulaient en découdre davantage, mais lui, malgré la transformation de cette femme qu'il ne reconnaissait plus tant elle excellait dans l'engagement conflictuel, décida fermement d'arrêter et de passer à autre chose. La frontière entre l'amour et la haine est beaucoup plus infime qu'on ne l'imagine.

Jacques déménagea dans un studio pas trop éloigné du domicile familial, pour garder le contact avec ses enfants et se lança corps et âme dans l'engagement citoyen et politique. Son ami Iba qui l'avait toujours soutenu, resta dubitatif sur l'intérêt de s'engager politiquement. Il souhaitait rester neutre et continuait à s'investir humainement pour le développement de sa localité, en tant que simple citoyen et non-acteur politique. Pour ce dernier, la politique faisait naître des ambitions incontrôlables, d'où le risque de trahir son idéologie, ses principes moraux de base et de vendre son âme au diable. Une vision que nombre de leurs compatriotes partageaient. Donc ils décidèrent ensemble de mettre sur pied un mouvement citoyen, susceptible de défendre les intérêts de leur quartier d'origine.

CHAP VIII

L'ENGAGEMENT !!! « Les grandes douleurs amènent les grands changements. Si tu n'es pas prêt à changer, c'est que tu n'as pas assez souffert. »

S'il y a un mot de plus en plus galvaudé dernièrement, c'est « l'engagement ». Mot rempli de sens, de bon sens vis-à-vis des autres. La fidélité dans l'engagement, sur tout ce que l'on entreprend, la sincérité qui en découle, une synergie capable de faire tomber toutes les barrières. Un pacte de noblesse et de dignité, mû par un sentiment de désintéressement. Un dur combat contre soi-même, que malheureusement la cupidité et le désir de paraître finissent ostensiblement par traduire en pur opportunisme.

Au-delà des appels téléphoniques, e-mails et réseaux sociaux, Jacques et Iba parcoururent des milliers de kilomètres à travers la France entière, cherchant à réunir toutes les personnes originaires de la même localité qu'eux. Ils entrèrent en contact avec ceux qui étaient éparpillés un peu partout dans le monde, U.S.A., Italie, Espagne, etc... La machine était lancée et personne ne pouvait l'arrêter, du moins c'est ce qu'ils croyaient. Car avec la massification, les égos surdimensionnés et l'opportunisme à outrance se découvrent de plus en plus, et peuvent casser toute dynamique, même pour les causes les plus nobles. Ils ne pouvaient imaginer l'impact de leur mouvement sur la vie politique dans leur localité, malgré leur volonté de rester neutre sur ce terrain.

En fait beaucoup de jeunes attendaient ce moment, ils en avaient marre de cette culture politique héritée de leurs parents, qui soutenaient un homme politique par des sentiments, des émotions... Ils voulaient que les choses changent de façon radicale, autour d'une jeunesse débridée et loyale au quartier. Ils en avaient simplement assez des caciques politiciens, arrogants et méprisants à souhait lors de leur mandat, et pourtant toujours à l'écoute lorsqu'ils se sentent en danger pour un renouvellement de mandat. Une attitude impudique et plébéienne qui ne laisse plus indifférent.

Parfois on doute même de leur foi en quelque chose, tant ils se complaisent dans une insouciance, une sérénité déroutante et ostentatoire à l'encontre des populations qui les ont élus et qui vivent des situations catastrophiques. Les deux amis furent contactés par des compatriotes sénégalais qui se définissaient comme acteurs dans la diaspora, armés d'une envie de réunir la famille autour d'un même idéal, conscientiser, combattre les injustices, apporter du réconfort aux populations en posant des actes concrets ; un discours porteur d'espoir.

Iba ne voulut pas s'éparpiller et resta concentré sur leur mouvement citoyen, laissant Jacques découvrir l'environnement politique qui le faisait fantasmer depuis quelque temps. Au début leur manque d'expérience fut exploité par des individus plus aguerris sur le terrain, ils furent utilisés, dupés par des compatriotes en qui ils avaient une confiance aveugle. Cela leur servirait de leçon à l'avenir et ils devinrent beaucoup plus regardants sur leurs nouvelles relations, surtout Jacques.

Il a d'abord rencontré Mr Diaw avec qui il semblait partager les mêmes valeurs, au-delà du côté bling-bling. Un discours bien rodé et plein de bon sens, des arguments solides et un amour indéfectible pour la patrie. La cinquantaine, cet homme toujours bien habillé et plein d'assurance lui faisait penser à un de ses anciens professeurs pour qui il avait beaucoup d'estime. L'éloquence accompagnée d'un verbe bien affûté, il réussissait à faire entrevoir à Jacques l'apprenti politicien, la réalisation de tous ses fantasmes.

Alors le choc fut terrible lorsqu'il découvrit que Mr Diaw était en réalité un agent du pouvoir qu'il faisait semblant de combattre. Son rôle était de rassembler ses compatriotes autour d'un programme censé apporter un changement des mentalités, dont la finalité était de prendre le pouvoir démocratiquement si les autorités restaient insensibles aux nombreuses remarques et suggestions. Un travail de longue haleine qui donnait du temps aux autorités adeptes de la politique politicienne permanente, d'être toujours en avance sur le terrain. Ces pseudo opposants étaient constamment en réunion, et comme par hasard jamais d'accord sur les points essentiels.

Des heures et des heures de débats stériles et souvent puérils à la fin, tant les esprits s'échauffaient et les insultes à peine voilées fusaient de partout. De guerre lasse, Jacques s'ouvrit à un de ses grand-frères très actif dans le milieu politique sénégalais. Ce dernier lui rapporta des preuves concrètes de la traîtrise et de la couardise de Mr Diaw, un manipulateur hors pair. Remis de ses émotions, il fit une lettre de démission fracassante, avec en détail tout ce qu'il reprochait au faux messie.
D'autres membres qui paraissaient aussi surpris et choqués que lui, lui proposèrent de monter un autre mouvement. Il se laissa

convaincre, mais le regretta au bout de trois mois de compagnonnage. Porté par l'envie de réussir et une volonté de démontrer qu'il pouvait y arriver sans mentor, Jacques avait mis les bouchées doubles. Il passait des nuits blanches à élaborer un programme crédible, ce qui porta préjudice à sa rentabilité au sein de son entreprise.

Son bras droit Habib n'en pouvait plus des récriminations de madame et dut démissionner pour sauver son mariage. Son couple battait de l'aile parce qu'il passait trop de temps au téléphone ou sur l'ordinateur à la maison, s'il n'était pas en réunion de bureau lors des week-ends où il était censé rester en famille, passer du temps avec sa femme et ses enfants. Jacques le comprît et eu même un sentiment de culpabilité en se souvenant de son propre divorce. Son second adjoint était lui un personnage atypique, obnubilé par la réussite sociale et le désir de paraître tout en étant engagé. Ce qu'on ne pouvait pas lui reprocher, d'autant plus qu'il était jeune célibataire sans enfant et cadre dans une grosse boîte de la place.

Mais cette forte envie de sortir du lot le poussa à tisser des relations contre nature qui finiront par déteindre sur la crédibilité du groupe. Issa voulait discuter avec tout le monde, y compris les gens du pouvoir et ne le cachait pas à Jacques qui lui pensait que c'était une mauvaise idée. Le peu d'expérience qu'il avait acquise lui interdisait de faire confiance à ces gens qui réussissaient toujours à travestir les meilleures intentions en énorme déception. Finalement, l'opinion publique les taxa de mouvement cabine téléphonique qui fricotait avec le pouvoir afin d'obtenir des postes. Dans sa volonté de réussir à tout prix, le jeune Issa finira dans l'assiette des dinosaures politiques plus expérimentés et sans scrupules.

Des vieux briscards qui ont bourlingué des années durant, déposé partout leur baluchon, goûté à toutes les sauces et terriblement remplis d'acrimonie découlant d'échecs et de regrets. Ils avaient besoin de sang neuf, d'un nouvel élan fougueux, et ce jeune ambitieux en avait à revendre. Ils l'utilisèrent sur le terrain pour contrer d'autres groupements de personnes qui leur faisaient de l'ombre, car ils en étaient arrivés au point de ne plus accepter que d'autres réussissent là où eux avaient échoué. Les violences verbales et physiques s'invitèrent au débat, et tous ceux qui n'étaient motivés que par la seule volonté de construire leur pays claquèrent la porte.

Les Hommes sages de cette même génération d'aigris qui s'amusaient à plomber crânement toute ascension nouvelle, avaient jeté l'éponge ou pris du recul à force d'être déçus. Jacques adorait les rencontrer, échanger avec eux. Ils avaient beaucoup à dire, mais ne jouaient pas aux éternels donneurs de leçons avec lui. Ils lui renvoyaient le respect qu'il leur donnait. Ces femmes et ces hommes qui traînent derrière eux des années de luttes syndicales et politiques, méritent le respect des nouvelles générations. Ouverts et disponibles, ils acceptent les débats contradictoires. Des Hommes vertueux qui nous ont appris à dire NON quand il le faut, qui nous ont inculqué des valeurs héritées de nos aïeuls, la dignité, l'humilité, la patience et le courage. Des références à tous les niveaux !

Iba qui était spécifiquement concentré sur son association de quartier, un mouvement citoyen censé être plus simple à gérer, fut autant déçu de la cupidité humaine. Il croyait fermement que son combat était celui des autres, pour l'éclosion d'un quartier qui les a vus naître et grandir. Lui aussi eut du mal à gérer des membres qu'il connaissait depuis toujours. Il apprit malgré lui, que la première source de conflit entre les hommes était encore et toujours les problèmes d'égos. Heureusement que Amina était là.

Cette dernière fera un travail de conciliation remarquable, entre certains membres dont les velléités menaient purement et simplement vers la dissolution du mouvement. Des rivalités insensées pour des gens qui viennent d'un même terroir, qui ont tissé des liens forts à travers les générations. Leurs parents se connaissaient, leurs aînés s'appréciaient, enfin eux avaient traversé ensemble le chemin tumultueux de l'enfance à l'adolescence dans le même quartier défavorisé.

Amina apporta sa touche féminine. Elle organisait des rencontres chez elle autour de succulents plats sénégalais qui manquaient aux membres célibataires, et autres mariés gavés de steak-frites, pizza, kebab, pâtes et compagnie. C'était un réel plaisir et surtout un luxe de goûter à sa cuisine qu'aucun restaurant africain du coin n'arrivait à égaler. Elle comblait une partie chez les nostalgiques de la fameuse marmite de maman. Cette jeune femme avait gardé la tête sur les épaules, malgré son ascension fulgurante. Amina a toujours fait plus que la moyenne, en obtenant tous ses diplômes avec mention. Issue d'une famille que l'on pouvait appeler bourgeoise, elle reçut une bonne éducation sous la coupole d'un père avenant, prévenant mais ferme quand il le fallait.

Ce qui lui permit d'échapper à plusieurs tentations, contrairement à certaines de ses camarades. Des filles qui avaient débarqué avec les yeux pleins de rêves, et qui se sont heurtées à une violente réalité, celle du besoin. Besoin de se loger, besoin de se nourrir, besoin de papiers, besoin de s'habiller, besoin de se faire plaisir, besoin d'envoyer de l'argent à sa famille, besoin de s'en sortir. Amina qui avait une bourse parallèlement au soutien de ses parents, se faisait un plaisir de dépanner certaines copines, même si elles n'étaient pas toujours reconnaissantes.

L'une de ses ex-camarades d'école pensait avoir décroché le jackpot en se mariant avec un homme assez fortuné, beaucoup plus âgé qu'elle, et qui avait quand même réussi à séduire sa famille. Cette famille qui refusait de donner la main de leur fille à un homme casté, genre forgeron, griot ou carrément esclave au nom de principes culturels, où quelquefois religieux, apparemment fondés sur pas grand-chose puisqu'elle acceptait finalement de donner sa fille à un occidental, athée de surcroît. L'amour comme on aime bien le dire n'a pas de frontières, s'il est sincère bien sûr. Ces mariages construits autour de certaines motivations, sont encore plus compliqués à gérer.

Diamila se retrouva objet sexuel de son vicieux mari et de ses acolytes. Elle subissait des violences conjugales et sexuelles à répétition, sans jamais avoir le courage d'aller porter plainte.
En essayant de cacher sa misère à son entourage, l'étau se resserra sur elle, et elle sombra dans la drogue. Ses copines qui l'avaient perdue de vue depuis longtemps, étaient choquées de la retrouver dans un état pitoyable. Elle était rongée par la drogue et atteinte d'un cancer lorsque son bourreau la jeta à la rue. Elle n'avait plus assez de force pour combattre, et l'idée de rentrer au pays dans un état pareil lui était impensable ; que diraient les familles de ses ex-prétendants rabroués comme des malpropres ?

Diamila prit alors la décision radicale de s'ôter la vie, au grand dam de ses compatriotes qui auraient pu l'aider au moins à quitter cet homme. Ses parents se rejetaient la lourde responsabilité, qui des deux était assez opportuniste au point de sacrifier honteusement la vie de sa fille ? Ils étaient tous coupables conclurent les voisins ! Choquées par cette énième tragédie, Amina et ses copines décidèrent de mettre sur pied une association féminine pour conscientiser et assister leurs sœurs fraîchement débarquées. Elles avaient tout le temps les mêmes problèmes administratifs et sociaux. L'association eut des hauts et des bas comme tout regroupement d'individus, mais les filles réussirent à garder le cap en se focalisant sur l'essentiel, Amina à la barre.

Elle ne s'est jamais suffi à elle-même et se confiait régulièrement à Jacques et Iba qu'elle considérait comme ses grand-frères. Eux se sentaient le devoir de la protéger, la connaissant depuis toujours, en tant qu'amis d'enfance de son frère aîné. Voilà pourquoi ils ont essayé de la pousser à convaincre ses amies à rejoindre leur mouvement qui à première vue, ressemblait à une assemblée de célibataires masculins endurcis.

CHAP IX

QUAND ON EST INSIGNIFIANT DANS UNE SOCIÉTÉ EN PERPÉTUELLE PERTE DE VALEURS, L'ESPOIR DE LENDEMAINS MEILLEURS PEUT SE RETROUVER AILLEURS.

Comme à son habitude, Babacar se leva du lit en prenant le soin de poser son pied droit au sol en premier. Il était superstitieux comme presque tous les membres de sa famille qui étaient convaincus qu'au sortir du lit, il fallait poser le pied droit d'abord pour augurer d'une belle journée. La nuit a été encore une fois courte, déjà qu'il s'était couché tard comme d'habitude, Il s'était encore fait un film sur son avenir pendant les trois quarts de la nuit. Lui Babs gambergeant sur les Champs-Élysées. Lui Babs visitant la tour Eiffel, lui Babs rendant visite à ses amis et cousins éparpillés un peu partout en Europe, et pourquoi pas aller jusqu'aux États-Unis.

Il se voyait déjà en Italie chez Emmanuel, en Allemagne chez Ouzin, en Espagne chez Jean le « guerrier » qui avait bravé l'océan dans une embarcation de fortune afin de réaliser son rêve. Il s'est même ressassé le jour glorieux de son retour au pays natal. Tout était merveilleux dans son rêve éveillé. Tous ceux qui un jour l'ont méprisé pour sa condition de « xosluman » débrouillard, lui témoigneront maintenant un respect imposé par son nouveau statut. On lui décochera des larges sourires, sourires hypocrites ? Nooon... Simplement un gage d'amitié et de fierté.

Babacar partit braver le froid, la neige, la différence, même l'hostilité de ses hôtes. Celui qui avant son départ disait que faute d'avoir une ceinture à serrer, on tenait tout bonnement son pantalon à la taille, était enfin devenu quelqu'un d'important. Oh lala… les parfums de marque qui débouchent les nez les plus hostiles aux bonnes odeurs, les vêtements de marque, les… toc toc toc !

Une voix familière venait de le rappeler à la réalité : « mais quand est-ce que tu vas te lever bon Dieu ! ». C'était sa mère, une petite femme qu'il trouvait envahissante parce que trop protectrice, mais qui l'adorait comme toute bonne mère. Elle qui ne souhaitait que sa réussite dans une société en perte de valeurs, où l'appétit de vivre consumait à petit feu la dignité de survivre. La crise sévissait, la vie devenait de plus en plus dure et le poids des contraintes sociales se faisait ressentir jusque dans les mœurs.

Babacar se leva, s'étira, et se dirigea vers la porte. Il eut à peine le temps de tourner la clef : « tu t'es décidé à te lever finalement ? ! » Ohooo mère ! Franchement, personne ne peut dormir ici, marmonna Babacar. Hier soir je me suis couché très tard.

- Comme tous les soirs tu veux dire. Tu passes ton temps à vagabonder dans les rues de Dakar comme un sans domicile fixe. Le monde appartient à ceux qui se lèvent tôt. Tu n'as même pas encore effectué ta prière du « fajr » et il est 13H passé. Babacar ne répondit pas et s'avança vers la salle de bain, serviette sur l'épaule et trousseau de toilette à la main. Continue comme ça et tu mourras fainéant. Traîner dans les rues, manger, boire du thé, et dormir. Ce n'est pas comme ça que vous assurerez votre avenir.

Ainsi parlait mère Maty. Une brave dame qui se lève tôt tous les matins pour s'occuper de la maison familiale. Une demeure qui fonctionne à son rythme, malgré le poids de l'âge. Les années passent, mais ses exigences et remontrances vis-à-vis de la marmaille, des locataires et quelquefois même des visiteurs ne se sont jamais altérées. Elle est toujours au courant de tout ce qui se passe dans sa maison. Une femme de petite corpulence au grand cœur. Elle s'attelle encore aux tâches ménagères comme si sa survie en dépendait, malgré la domestique mise à sa disposition. Elle est conservatrice comme toutes les femmes de son âge et de sa communauté.

C'est la femme qui entretient la demeure familiale, elle est le socle de la maison. L'homme a le devoir d'aller chercher et de ramener la dépense quotidienne, quelquefois insuffisante. Mais c'est la femme qui gère, c'est elle qui complète dans la discrétion, qui fait bouillir la marmite même quand son homme pris entre les mailles des contraintes de la société n'arrive plus à être régulier par rapport à ses exigences familiales. C'est elle qui met en gage ses bijoux pour l'éducation et le bien-être de ses enfants, c'est elle qui forge, qui moule les grands hommes, oui c'est elle la maîtresse de maison.

Les visiteurs sont à l'aise quand elle est joyeuse, accueillante, avenante. Tout homme qui réussit le doit au moins à deux femmes, ou une qui se multiplie par deux. Environ 45 mn plus tard, Babacar traversa la cour d'un pas léger, évitant de soulever ne serait-ce qu'une once de poussière avec ses sandales en plastique.

Au même moment, le petit Cheikh sac au dos traversa comme un boomerang, poussant Babacar à suspendre le pas tout en maugréant ; sale môme, attend que je t'attrape tu vas voir. Ce qui eut le don d'irriter mère Maty pour qui tout prétexte était bon pour lui rappeler sa condition de « vaurien ».

- Si tu avais pris la peine de te lever à l'heure où les hommes dignes et consciencieux se lèvent, tu n'en serais pas là. Lui au moins, il va à l'école et s'occupe de ses devoirs. Babacar prit sur lui et alla s'enfermer dans sa chambre. C'est cette brave dame qui a fait énormément de sacrifices pour envoyer son fils Iba en France. Assis sur son lit, Babacar fit une synthèse de ses derniers échanges avec son grand-frère qui essayait vainement de lui faire croire que l'avenir était là, sous ses pieds, que la crise sévissait en Occident et qu'il fallait se battre sur place pour changer les choses. Il lui avait même dit avoir l'intention de rentrer définitivement.

Mais pour cette question, leur mère s'en occupera le moment venu. D'abord qui oserait lui porter cette nouvelle qui serait synonyme de folie, car si Iba était parti, c'est justement parce qu'il y avait des milliers de diplômés chômeurs. Il fallait vraiment avoir le bras très long pour décrocher le peu de boulots qu'il y avait se dit-il. Et son frère n'en avait absolument pas. Finalement, il décida d'aller boire le thé chez son meilleur pote. Avec la bande, le sujet sera plus intéressant.

Babacar, Cheikh et Martin le jeune frère de Jacques aimaient bien se retrouver dans cette vieille baraque faite de bois, de zincs et de tuiles et qui faisait office de chambre à Cheikh. Isolé dans un coin de la grande maison familiale, cet espace était la leur. Ils pouvaient être une dizaine à l'intérieur, assis sur de vieilles nattes tressées à la main, avec des tiges de bambou et de tissus, ou sur le vieux matelas qui traînait sur le sol. L'actualité sportive ou musicale constituait les moments forts du débat autour des « 3 normaux » qui pouvaient aller au-delà, selon les cotisations.

Chacun mettait ce qu'il pouvait pour le thé, le sucre, les feuilles de menthe appelées « nana », l'arachide grillée, et le charbon. Étonnamment, ils ne débattaient jamais sur leur avenir ! Peut-être que le sujet leur faisait peur, mais les discussions en groupe n'étaient jamais sérieux, même s'ils avaient partagé plein d'anecdotes.

Cependant, les derniers échanges entre Babacar, Iba et Jacques avaient changé la donne. Leurs aînés essayaient de leur impulser une nouvelle dynamique pour affronter les difficultés quotidiennes, en s'engageant à changer les choses pour le bien-être de tous. La majorité n'y croyait plus, et se disait que leurs aînés étaient aussi ambitieux sur ce projet utopique, parce que loin de leur réalité quotidienne. Les choses évoluent tellement vite, en mal ou en bien. Le temps et la distance ne sont pas toujours nos meilleurs alliés, lorsqu'il s'agit de combattre une injustice.

Cheikh fait partie de ces jeunes sans histoires, mais quasi exclus de la société parce qu'adoptant un style de vie différent. Nous sommes, inconsciemment, beaucoup trop souvent injustes envers les autres. Cheikh s'est construit son petit monde où il n'y avait de place que pour la musique de contestation, et les bouquins qui parlaient différemment. Il aimait jouer de la guitare et reprendre les vieilles chansons de Bob Marley, le thé et la fumette à côté. Sur sa petite commode étaient entreposés des livres d'auteurs particuliers comme Richard Wright, Franz Fanon, Cheikh Anta

Diop, les autobiographies de Malcolm X et Thomas Sankara, Alex Haley, et de nombreux auteurs africains.

Un véritable passionné de l'art et de la culture nègre. Un mot qui ne le dérangeait pas du tout, malgré la connotation péjorative et insultante que la récente histoire lui a donnée, esclavage et colonisation. L'histoire quand elle est racontée est trop souvent en faveur du conteur s'il est de mauvaise foi. Cheikh qui s'était procuré difficilement un livre à la limite introuvable au pays même de son auteur « Nations nègres et culture » de Cheikh Anta Diop, s'était abreuvé de l'histoire du nègre écrit par un nègre fier et cultivé qui recommandait à ses pairs de s'armer de savoir jusqu'aux dents. « Nul n'est prophète chez soi » C'est connu !

Des sources de savoir coulent sous nos pieds... des exemples comme bien des références aussi. Alors que nous préférons nous émouvoir de l'histoire des autres, racontée par les autres. Là où nous ne sommes que d'éternels spectateurs ou victimes mais jamais héros. Complexés, de mauvaise foi ou simplement ignorants ? Nous passons sous silence nos propres héros et leurs exploits, confirmant au passage un dicton bien de chez nous : « quand ramasser devient trop aisé, se courber devient souvent difficile. »

Avec Babacar, ils ont grandi ensemble dans ce quartier populeux au cœur de Dakar, Grand-Yoff. Ils ont été ensemble de l'école primaire au collège. Leurs parcours scolaires comme ceux de leurs aînés ont été entachés par une année blanche, une autre invalide et de nombreuses perturbations avec des grèves et des programmes scolaires inachevés. Nombreux sont ceux qui ont tout bonnement jeté l'éponge, pour apprendre un métier dans le tas, ceux qui avaient des parents aisés se sont retrouvés dans des écoles privées, les autres sans solution sont restés à la maison, chômeurs et retraités prématurés. Cheikh faisait partie du dernier groupe.

Il se recroquevilla sur lui-même, se coupant petit à petit des autres. Ce qui lui valut le sobriquet de « l'aliéné », qui ne le dérangeait aucunement. Ses dreadlocks, sa musique, son silence, ses réserves, provoquaient des supputations sur son état mental défaillant suite aux supposés produits illicites qu'il utilisait. Des supputations et encore des supputations. À ses détracteurs, il avait répondu : « certains passent leur vie à courir derrière le bonheur, d'autres s'évertuent à le créer. Notre conscience est ce que nous sommes, notre réputation est ce que les autres pensent de nous. Alors je m'occupe de ma conscience et je n'en ai absolument rien à faire de ma réputation ».
Ses vêtements traditionnels multicolores cachaient un teint noir foncé sur un corps svelte, une noirceur d'ébène dont il était fier et qui le faisait ressembler à une statue de cire, lorsqu'il restait assis, immobile sous l'arbre à palabres emporté dans sa lecture.

En allant retrouver le reste de la bande chez son ami, Babacar passa devant les ruines d'une maison qui lui rappela une triste soirée parmi tant d'autres lors des inondations. Pendant l'hivernage, il fallait soulever son pied d'au moins un mètre pour rentrer dans certaines demeures familiales. Le quartier étant constamment en proie aux inondations, les riverains mettaient du gravas devant chez eux, ce qui faisaient de petites montagnes qui au contraire de l'effet escompté, facilitaient le parcours des torrents. Ils étaient obligés de rajouter des rangées de briques devant la porte d'entrée qui se transformait en fenêtre, jusqu'à la fin de la saison des pluies.

Ils sont nés et ont grandi dans ce quartier populeux au cœur de la capitale sénégalaise. Ensemble, ils ont vécu des moments de joie intense, procurés par les équipes de foot de la localité qui rivalisent d'ardeur pendant cette période où leurs pères et mères sont préoccupés par les conséquences néfastes des inondations sur ce quartier qui semble comme d'autres, abandonnés à son sort de cuvette. Il faut que jeunesse se fasse aussi. On ne peut pas empêcher les jeunes de profiter de cette période où l'école est fermée. Des vacances scolaires dans la morosité, peuvent pousser certains parmi eux à fréquenter régulièrement les plages à risques. Il n'y a pas beaucoup de choix, mis à part aller supporter son équipe de quartier...

Il avait plu toute la journée, et les riverains comme d'habitude se sont soutenus pour essayer de bloquer le passage des eaux. Ces barrières de fortune, faites de sable, ciment et gravas ne font en réalité que retarder l'échéance, car pendant la nuit, plusieurs heures après l'arrêt des pluies, les eaux des quartiers qui se situent en hauteur, se croisent pour converger vers Grand-Yoff. Cette eau arrive généralement quand les riverains épuisés, exténués par un combat inégal contre les flux d'eaux, s'abandonnent aux bras de Morphée. On donne souvent aux ados noctambules, transformés en veilleurs de nuit, de quoi faire du thé et du lait chaud pour alerter en cas de vagues surprises ou tentatives de vol, car les voleurs aussi sont à l'affût.

Assis au clair de lune, sur des tapis, des bancs en bois ou des bâches, ils passent la nuit à parler de tout et de rien, en écoutant la musique si une vieille radio à pile est disponible. Car après les inondations, s'ajoutent au quotidien, coupures d'eau et d'électricité.

Non loin des banlieues, dans les quartiers résidentiels, presque chaque maison a son groupe électrogène. Ce qui crée pendant les coupures de courant, une symphonie digne des concerts de rock. Ils se voyaient adultes par rapport à leur âge, mais leur manque de responsabilité les cantonnait encore à ce stade déplorable d'éternels ados. Eux aussi continuent de manquer de sommeil et passent parfois la nuit à veiller autour d'un thé, en ressassant les nombreuses anecdotes vécues ensemble.

C'est pendant l'une de ces soirées de fortune, après des heures de pluie diluvienne, sous la lumière des étoiles, tamisée par les feuilles d'arbres dont les reflets semblaient balayer l'eau au clair de la lune, c'est dans le calme de cette nuit où le seul son des crapauds qui coassaient, devenait étourdissant, qu'un gigantesque bruit les fit sursauter alors qu'ils étaient en train de se chamailler sur la terrasse. Ils avaient compris qu'un vieux mur venait de céder face à la pression insistante de l'eau ou au pire des cas un bâtiment. Ils se jetèrent dehors comme un seul homme, pataugeant difficilement dans l'eau qui arrivait maintenant à leur poitrine.

On entendait dans la pénombre, des cris de femmes et d'enfants qui laissaient imaginer le pire des scénarios. Sous le poids de la décrépitude, un vieux mur comme l'enclos de chez Cheikh venait de céder, créant un torrent dans une maison qui était non seulement en profondeur, mais contenait déjà au moins un mètre d'eau. Les lits en ferrailles sur des briques permettaient d'être à 1,50 m du sol. L'eau atteignit en quelques secondes au moins

1,70 m, emportant vieilles baraques, valises superposées, ustensiles, et…

Le drame se produisit quand les briques cédèrent et les lits de fortunes s'affalèrent, disparaissant complètement dans l'eau. Une mère qui dormait avec ses trois enfants fut prise au piège. Elle ne pouvait en sauver qu'un. Le vieillard qui dormait dans la chambre voisine n'eut même pas le temps de réagir, il se noya sans résistance. Son lit venait de se faire retourner par un déferlement des vagues d'eau et il ne lui restait plus la force de se battre, contre cet ennemi qui au contraire de lui, semblait rajeunir au fil des ans ; plus les années passaient, plus les torrents d'eau devenaient plus forts et plus violents.

Les cris de désespoir de la mère de famille déchiraient la nuit, pendant que Babacar, Martin, Cheikh et d'autres riverains rivalisaient d'ardeur pour atteindre la maison en proie aux inondations. Ils arrivaient avec deux minutes de retard, exténués par les efforts surhumains consentis pour progresser dans cette eau boueuse et nauséabonde. Ces minutes valaient des vies. L'instinct du sauveteur surgit dans ces moments-là, et les mauvais épisodes précédents reviennent dans les têtes.

La perte d'un enfant dans ces circonstances-là est inconcevable, dans une société censée être civilisée et solidaire. Il est inacceptable que des familles restent dans des maisons inondées pendant cette période, alors que dans un rayon de 500 mètres, des lieux publics sont fermés, sans pour autant parler des familles bien loties parce que sur une zone en hauteur, mais qui n'hébergeront personne. Le destin a choisi son camp !

Ils trouvèrent une femme paniquée, mais debout sur la pointe des pieds tenant un de ses enfants à califourchon sur son cou à peine visible, hurlant à tue-tête tous les deux. Ils essayèrent de fermer les yeux et de rester dans l'eau quelques secondes pour tâter des mains et des pieds. Martin venait de trébucher sur un petit corps inerte. Il le souleva de toutes ses forces, aidé par Cheikh, ils tentèrent un geste désespéré de le maintenir en hauteur alors qu'ils tenaient difficilement debout. Babacar venait de sortir l'autre fillette de 5 ans, tandis que la mère et celle qu'elle avait sur le cou étaient en train d'être évacuées par le petit groupe de secours improvisé.

Quelques minutes plus tard, ils s'étaient tous retrouvés sur la terrasse de la maison voisine. La mère de famille en transe, se débattait inconsolable. Sa petite fille de 2 ans assommée par les pleurs s'endormit profondément, tandis que les corps de son grand frère de 8 ans et sa sœur de 5 ans gisaient par terre et que Martin, Babacar et Cheikh tentaient de les réanimer. Ils avaient été tous les trois éclaireurs, puis Martin et Cheikh avaient effectué leur service militaire. Ils connaissaient bien les premiers secours, mais ce combat était perdu d'avance. Il n'y avait plus rien à faire. La mère venait d'être isolée dans une chambre au premier étage quand Babacar s'exclama : et le vieux Birane ?

Ils dévalèrent de nouveau les escaliers, mais dans leur tête ils savaient déjà qu'il n'y avait plus rien à faire. Cette nuit tragique venait d'enfoncer le clou. Le vase était plus que débordé, il s'était renversé, quelque chose venait de se casser. Les victimes des inondations se sentirent non seulement abandonnées par les autorités locales, mais pas par la grâce divine. Ce qui venait de se produire était incompréhensible. Comment est-ce qu'on en était arrivé là ? À ce point précis où l'on se sent si seul au monde, contre un ennemi aussi puissant qu'imprévisible.

Il y a la responsabilité individuelle, mais aussi la responsabilité collective, et la responsabilité politique. Ils décidèrent de manifester leur colère sur la voie publique, en barrant la route principale qui menait vers l'aéroport de Dakar, avec des slogans et banderoles hostiles aux gouvernants. Les autorités se déplacèrent et les meneurs furent reçus en même temps que les vieux notables du quartier. On leur fit des promesses comme à l'accoutumée. Les anciens demandèrent aux jeunes de cesser toute manifestation, parce que selon eux, les autorités faisaient de leur mieux pour trouver des solutions, sans oublier qu'au-dessus de tout il y avait la volonté divine, et il fallait s'y plier. L'élan de contestation fut une fois de plus cassé par l'autorité morale.

Cheikh dégouté avait pris la parole : des gens viennent nous pomper l'air à chaque échéance électorale pour qu'on leur confie nos destins en quelque sorte. Ils ont la lourde responsabilité de nous loger dans un environnement sain et de nous trouver un travail. En tout cas c'est ce qu'ils nous promettent toujours : « des logements décents dans un cadre de vie sain, l'éducation pour vos enfants, des soins médicaux accessibles à tous, une justice sociale équitable, etc... » Mais lorsqu'ils deviennent élus du peuple, ils font semblant d'oublier qui les avait élus en attendant les prochaines échéances. C'est bas de considérer sa population comme du bétail électoral !

Une fois chez lui, il ouvrit son bloc note et se mit à écrire : « nos institutions sont bafouées au jour le jour par ceux qui sont censés les préserver parce que mandatés par le peuple. Des dirigeants qui ne sont préoccupés que par leur potentielle réélection, ils sont perpétuellement en campagne électorale. Le peuple devient un outil pour réaliser leurs ambitions personnelles. Les supposés garants de la nation ne garantissent que leur famille, leurs partisans et autres larbins. Ainsi la politique politicienne prend le dessus sur toute forme de politique de développement, censée rendre à chaque citoyen son droit le plus absolu de vivre dignement, décemment dans ce pays.

Tout ne peut être parfait, mais la seule volonté de rétablir une justice sociale, par des actes concrets, serait déjà un énorme réconfort. L'espoir entretient la flamme du combattant, alors que l'attentisme et le fatalisme confortent l'inaction. Des familles vivent cette situation chaotique d'inondation, d'insalubrité, d'insécurité depuis des générations, sous l'œil politicien, indigne parce que coupable, de régimes inactifs successifs. Excellents dans l'art des promesses non tenues, ils jouent sur le désarroi des populations, sans compter la multiplication de spéculateurs fonciers véreux, qui occupent illégalement ou vendent les terrains publics impunément.

Babacar et ses amis avaient appris à dédramatiser les pires situations, comme jadis leurs aînés. Mais là ça en était trop. Devaient-ils accepter que les générations futures, leurs jeunes frères et peut-être même leurs enfants, vivent la même chose ? Devaient-ils déménager comme l'ont fait d'autres ou se mobiliser pour un combat contre un système pourri qui gangrenait leur société depuis des décennies, avant même leur naissance ? Et si leurs aînés avaient raison ? Vu la position géographique intéressante de ce quartier, est-ce qu'on ne voulait pas les en chasser pour en faire un quartier résidentiel ? Il y avait énormément de questions à se poser, mais aucune réponse pour clarifier la situation chaotique actuelle.

Babacar s'ouvrit à ses amis sur le discours de son frère et leur association. L'idée était intéressante, seulement les initiateurs du projet, même s'ils sont originaires du quartier, vivent en occident depuis plusieurs années. Les jeunes du quartier ont essayé de se mobiliser plusieurs fois, mais la politique politicienne a toujours eu raison de leur engagement citoyen. Appauvrir pour mieux corrompre, diviser pour mieux régner ! Et le fatalisme prit le dessus sur certains individus qui décidèrent d'abdiquer face à l'injustice, parce qu'ils ne croyaient plus en l'homme. Tant on leur avait promis, tant on leur avait menti, tant ils ont été trahis.

On a beau avoir les meilleures intentions, quand on a faim, quand on a soif, quand on est malade, quand on est pauvre, on perd sa lucidité, et le risque de perdre sa dignité devient presque inhérent. À chaque fois qu'ils ont cherché à construire, ceux qu'ils ont élus, qui sont censés les représenter à l'Assemblée nationale ou gérer la localité d'une façon digne et exemplaire, ont bafoué les règles. Ils se sont toujours heurtés à un système aux antipodes de leurs attentes citoyennes. Nombreux sont ceux qui pensent et disent que les hommes politiques ne sont là que pour se remplir les poches, sans jamais les combattre. Combien de riverains ont quitté ce quartier par dépit, une lassitude engendrée par les inondations, l'insalubrité et l'accroissement de la délinquance ?!

Cheikh contre toute attente fut le premier à approuver la démarche de leurs aînés en allant même plus loin, car pour lui, ils devaient battre campagne pour les élections locales et législatives en tant que mouvement politique et non citoyen. Il trouvait que les mouvements citoyens étaient incapables d'aspirer au changement où d'influer sur le véritable cours des choses, car ce sont les politiques qui contrôlaient la cité à leur manière. Babacar trouva Cheikh assis sous l'arbre de « Neem l'Azadirachta indica », un antipaludéen et un insecticide naturel aux nombreuses vertus appréciées par les africains sub-sahariens dont les feuilles servent de médicaments pour soigner le paludisme dans la pharmacopée traditionnelle. Ses fruits sont aussi transformés en huile naturelle comme insecticide.

Babacar prit un tabouret et vint s'assoir à côté de son ami : toujours avec ce vieil agenda qui fait office de bloc note, on est à l'ère du numérique mon pote. Une tablette ça te dit ? Lança-t-il à Cheikh qui se détendit un peu plus.
- Non ça ne me dit rien, je préfère le toucher du papier et du stylo. Cela me redonne le sentiment de ce petit écolier d'antan. Tu sais, j'ai croisé Mr Mbengue la semaine dernière. Il m'a tout de suite reconnu et cela m'a inspiré un sentiment étrange. J'ai repensé au jeune homme qu'il était lorsque nous étions des enfants. Avec Mlle Diagne qui deviendra plus tard Mme Biaye, ils m'ont marqué à jamais. Ce sont mes héros, des héros trop souvent inconsidérés, ils contribuent malgré tout intensément à notre parcours. Je me suis revu en boubou bleu ciel, sac au dos, direction école HLM Patte D'Oie, priant en cours de route pour que l'on ne m'interroge pas sur ma leçon du jour.

Babacar lui rétorqua : nos enseignants font partie de notre vie, ils constituent une autre branche de la famille. On passe tellement d'heures avec eux, souvent à jouer avec leurs nerfs. Il est déjà difficile d'encadrer sa propre progéniture, à fortiori les enfants d'autrui. Quand on pense au nombre incalculable d'enfants qui passaient entre leurs mains, et qui étaient certainement beaucoup plus doués que nous, on se dit qu'ils méritent encore plus de respect et de considération. Ils aimaient leur profession, et se substituaient même aux parents dans certains cas. Avec leur salaire qui n'a jamais été à la hauteur de leurs sacrifices sans parler des retards de paiement. Je ne les remercierai jamais assez de nous avoir inculqués au-delà du savoir, des valeurs cardinales qui resteront à jamais gravées en moi. Au fait, tu t'es calmé un peu ?

Cheikh : non mais laisse tomber quoi, ces vieux sont énervants à la fin. Comment est-ce que l'on peut cautionner tout le temps les dérives sectaires de ces politicards ? En plus, c'est cette désinvolture au nom de je ne sais quelle foi qui m'exaspère davantage. Il n'y a aucune religion que je sache, qui demande de subir perpétuellement l'injustice sans jamais se rebiffer. Il faut qu'ils arrêtent, sinon je serai obligé de m'attaquer ouvertement à leur comportement nuisible à la société.
Si ma mère venait à t'entendre fit Babacar dans un éclat de rire. Elle m'a pris la tête pour aller voir l'un des descendants de son guide spirituel. D'après elle, il me manque cette dose de spiritualité qui transforme les pires êtres humains en citoyens modèles. Je suis parti le voir, et tu sais ce que ce marabout m'a demandé ?

Cheikh : de l'argent ?

Babacar : non, non, il voulait savoir dans quel parti politique je militais. Je lui ai répondu qu'avec des amis nous comptions nous battre pour l'amélioration des conditions de vie dans notre localité, autour d'un mouvement citoyen. Il ne m'a même pas laissé finir. D'après lui nous risquons de perdre notre temps et notre énergie dans une bataille perdue d'avance. Lorsque le Seigneur a décidé quelque chose, il faut se soumettre à l'évidence et éviter d'encourir sa colère. Pour être plus clair, il m'a demandé de vous convaincre de soutenir le pouvoir actuel.

Cheikh : j'espère que tu lui as rappelé qu'il était inadmissible de soutenir le pouvoir à chaque fois qu'il changeait, pour ne pas faire figure de girouette ?! Le rôle d'un homme religieux est de faire vivre la religion et non de vivre spécifiquement de la religion.

Babacar : j'ai été plus loin. En faisant allusion à son opulence, à travers ses belles voitures, ses hectares de champs et Villas, sans avoir jamais travaillé dans sa vie ; il n'enseigne même pas la religion qu'il est censé représenter. Alors je lui ai dit qu'un guide est censé incarner l'espoir et l'humilité. Un guide religieux est censé représenter une foi, des vertus, une noblesse d'âme, la crainte révérencielle, la voix du peuple et non les vices du peuple. Il a pour mission de rappeler à l'ordre, quel que soit son rang social, tout mortel imbu d'une bonne opinion de soi, aveuglé par la recherche effrénée de l'argent et du pouvoir ; valsant dangereusement sur la corde de l'arrogance, de la suffisance, du mépris, de l'orgueil... Que nous n'avions pas le droit de nous référer à nos aïeuls tout en piétinant à outrance l'héritage qu'ils nous ont légué. Qu'il y a des vertus qui ne s'héritent pas, qui ne s'achètent pas non plus. Que l'honneur, la dignité, l'humilité, le courage s'acquièrent et se forgent à travers un parcours, son propre parcours.

Cheikh : ah ah ah et tu es encore vivant ?
Babacar : pour peu j'y passais. J'ai été évacué d'urgence, alors que je venais simplement de dire à haute voix mais d'un ton

respectueux, tout ce que j'avais sur le cœur. Ces phrases me brûlaient l'estomac depuis un certain temps, tant j'en voulais à cet homme qui exploite ouvertement ma mère au nom de ses aïeuls. Dire qu'elle a failli lui donner ma sœur en mariage. Il a fallu qu'Iba et mon oncle paternel interviennent pour stopper le deal. Depuis, ma mère me met la pression sur n'importe quel sujet. Tout est bon pour me critiquer, parce qu'on lui a rapporté que j'avais publiquement manqué de respect à un homme important à ses yeux, de par sa lignée et sa piété, en retournant au passage ma petite sœur contre elle. D'après elle, soit je suis possédé, soit je me drogue en cachette. Alors imagine un peu l'ambiance à la maison. J'attends de voir au retour d'Iba et ses grands discours révolutionnaires.

Cheikh : quoi qu'elles fassent, elles resteront toujours nos mamans. L'essentiel est qu'elles sachent que nous tenons à elles, et cherchons aussi à les protéger. Même s'il leur est difficile de nous comprendre. Elles ont vécu leur jeunesse à une époque où le travail payait. Avec un peu de volonté tout homme instruit ou pas trouvait un boulot, et s'occupait de sa famille. Nos mamans n'avaient même pas besoin de travailler. Femmes au foyer, elles ont tenu à bras le corps la maison familiale. Elles nous ont éduqués, nourris et habillés, alors les petits moments de réprimandes sont peut-être une façon de se défouler, d'évacuer toute cette énergie contenue depuis plusieurs années. C'est pourquoi je ne réponds jamais quand ma mère hausse le ton avec moi.

Au contraire, je regrette de ne pas avoir la possibilité de la rendre heureuse. Qu'elle arrête de s'occuper de son petit commerce et des tâches ménagères, pour avoir un semblant de vie active. Ce n'est pas le genre d'activité dont je rêvais pour elle. Je veux la voir heureuse, toujours souriante car je sais qu'elle fut belle. Les rides sur son visage racontent de longues années de souffrances physiques et morales. Je sais qu'elle aimerait bien s'habiller et se parer de beaux bijoux lors des cérémonies. Et c'est cette absence de moyens qui la pousse à décliner toute invitation, quitte à s'enfermer dans son petit monde. Alors mon frère, remercie le ciel d'avoir une maman avec ses qualités et ses défauts comme tout le monde.

Babacar : donc tu cautionnes ces histoires de marabouts là ?

Cheikh : je te rappelais juste l'importance et la chance d'avoir une mère. Ce sont des reines, et elles doivent être traitées comme telles. Même si nous ne sommes pas d'accord sur certaines de leurs décisions ou prises de position, il y a une manière de le leur faire comprendre. Au-delà de ces divergences purement générationnelles, elles nous aiment et veulent simplement notre bien. Quant à ce marabout, dans chaque famille il y a des brebis galeuses. Mais dans mon intime conviction, un descendant d'une bonne famille est comme une pierre précieuse. Même jetée dans les égouts, il suffit de la torcher ou de la laver pour qu'elle retrouve toute sa splendeur. Et ils ont la chance d'avoir dans leur entourage, des hommes d'exception susceptibles de les rappeler à l'ordre en cas de besoin.

Babacar : j'en suis aussi conscient que toi, mais dès fois elles abusent. Je sais bel et bien différencier le guide religieux, du marabout à l'image de cet oiseau dont il porte le nom. Pour arrêter les dérives à ce niveau, il faudrait que nos hommes politiques soient plus respectueux de nos institutions, et de nos propres valeurs culturelles et morales. Qu'ils arrêtent de courtiser un homme religieux pour ses disciples, et que ce dernier sache que ceux qui viennent vers lui attendent de voir autre chose que la tortuosité.

Si j'ai envie de faire de la politique, je sais où aller. Il y a plusieurs formes de corruptions entre celui qui détient un pouvoir, ses administrateurs et la masse populaire. Et tant que la conscience ne primera pas sur la volonté, l'envie de dominer, de maîtriser son semblable, cette situation ira de mal en pis. Ces hommes d'exception dont tu parles ne reçoivent jamais les bonnes informations à temps. Ils sont généralement enfermés dans leur univers spirituel, et ce ne sont que les tonneaux vides qui font du bruit.

Bon, revenons à nos moutons. J'ai eu Iba et Jacques qui m'ont relancé sur leur projet, apparemment ils ont décidé de venir pendant les grandes vacances.

Cheikh : c'est une bonne initiative et je suis partant à 200 %. J'étais en train de comparer notre enfance à celle de mon neveu de 10 ans et je me suis arrêté à la nature, la verdure, la zone de captage, la forêt de Sainte-Marie jusqu'à Hann, la forêt de la Patte d'Oie jusqu'à Cambérène, la forêt entre le camp pénal et le camp Leclerc jusqu'à Ouakam, la forêt avant et après la Foire de Dakar jusqu'à Yoff, la forêt derrière le stade de l'amitié, la forêt autour de l'aéroport jusqu'aux mamelles...

Rien que d'y penser me donne l'impression d'avoir 100 ans, alors que c'était il y a seulement quelques années. La nature disparaît, les constructions poussent comme des champignons, la mer avance, les inondations persistent et deviennent plus violentes, la précarité est omniprésente face à une jeunesse désœuvrée.

Des enfants techniquement précoces, obnubilés par les réseaux sociaux et les jeux violents. Mon neveu passe tout son temps à jouer sur des appareils électroniques, il est beaucoup plus doué que moi sur ce domaine. J'espère que cela lui servira à quelque chose à l'avenir, car il ne lit jamais. Il faut même l'obliger à ouvrir ses leçons, tu te rends compte ? Et nous qui prenions des claques pour un oui ou un non. Tu te rappelles les dimanches matin quand on partait de bonne heure dans ces forêts disparues auxquelles je faisais allusion, pour chercher de l'herbe fraîche à donner aux brebis, de la salade pour les lapins... Et au passage quelques fruits et légumes, sans oublier les courses-poursuites avec les propriétaires des champs. Cette innocence, cette insouciance-là me manquent. Nous avons grandi et nos rêves sont devenus différents, mais penses-tu réellement que ton bonheur se trouve en Occident ?

Babacar eut l'impression d'entendre une voix qui l'interpellait au fond d'un tunnel. Les paroles de Cheikh l'avaient transporté très loin, il avait revisité son passé, fouillé dans sa mémoire et ses yeux s'étaient humidifiés, son cœur serrait tellement fort qu'il ressentit un pincement et une chaleur étouffante. Effectivement, leur enfance semblait tellement lointaine. Tu sais, dernièrement je réfléchis beaucoup sur mon avenir dit-il après un long soupir, et il n'y a rien qui m'encourage à rester dans ce pays. Je n'ai aucun diplôme supérieur, aucune possibilité d'intégrer une société de la place n'ayant pas le bras assez long, aucune fortune personnelle, aucune perspective quoi. Alors c'est bien beau de me demander de m'investir humainement dans un mouvement citoyen, mais qu'est-ce que j'ai à y gagner ? Et je n'ai certainement pas envie d'être utilisé par qui que ce soit pour sa promotion individuelle, fût-ce mon propre frère.

Cheikh : je vois ! Pour avoir aussi échangé avec nos frères Iba et Jacques sur leurs projets, je crois que tu te trompes lourdement. Contrairement à toi, ils ont l'expérience humaine d'ici et de là-bas, sans parler de niveau d'études. Je pense que l'expérience est au-dessus d'un bout de papier qui certes sanctionne un parcours, un savoir, mais sur une durée limitée. Les choses changent, elles évoluent au fil du temps. La réflexion que tu m'as faite sur mon bloc note en est une preuve parmi tant d'autres. Par exemple, les ingénieurs et techniciens en électronique des années 90 auront toujours les notions de base, les fondamentaux seront toujours là, mais pour être au diapason des nouvelles technologies, il faut impérativement suivre le cours, être en perpétuelle formation. C'est cela la réalité actuelle. Nos sœurs et frères de la diaspora ont beaucoup à nous apporter à ce niveau, et je suis convaincu que l'alternative, la perspective dont tu parles peuvent venir de leur implication dans les affaires de la cité.

Babacar : au-delà de cette aventure citoyenne ou politique, penses-tu réellement que leur projet sur l'agriculture et l'élevage pourrait marcher ? On parle de citadins, banlieusards où je ne sais quoi encore, et d'individus qui ont toujours été éloignés du monde rural, agro-pastoral. Je les aime bien, mais je ne crois pas trop à cette histoire. Je veux partir et vivre cette expérience dont tu parles, je veux réussir par mes propres moyens pour demain, marcher la tête haute et ne rien devoir à personne.

Cheikh : arrête de délirer mon pote, tu devras toujours quelque chose à quelqu'un. La vie est ainsi faite, et ce sont seulement les personnes de mauvaise foi qui sortent ce genre de débilité. Tu es beaucoup plus conscient que cela. On doit toujours quelque chose à quelqu'un. En s'éloignant de la capitale, on a des hectares et des hectares qui ne demandent qu'à être exploités. Et puis franchement, les connaissant tu sais très bien qu'ils ne sont pas stupides au point de se lancer dans un projet aussi important sans l'avoir étudié au préalable.

Au fait, vos récents conflits entre riverains et marchands ambulants m'ont profondément choqué. Vous vous trompez d'ennemis mon cher, il revient aux autorités locales de prendre leur responsabilité sur ce dossier-là. Vous êtes tous victimes des mêmes bourreaux. Nombreux sont ces paysans qui prennent d'assaut la capitale, sans aucune formation professionnelle, qui doivent survivre et entretenir leur famille parce que le système agricole est défaillant. Ils sont dépendants de la bonne ou mauvaise saison des pluies. Ce sont des concitoyens qui ne savent que labourer la terre, on ne leur a rien proposé d'autre. Maintenant s'ils essayent de s'en sortir en vendant des petits objets, comme peut-être toi tu le ferais une fois à Paris ou New York, sans papiers, sans qualification...

Babacar : je ne l'avais pas vu sous cet angle, mais cela n'occulte en rien les scènes d'agression que les populations subissent, en dehors du recel et des trafics en tout genre. On est fatigué d'être harcelés sur les trottoirs, si ce n'est d'être victimes de pickpockets qui sont toujours de mèche avec un vendeur qui cherche à te fourguer quelque bricole dont tu n'as absolument rien à faire. La dernière fois, ma mère est rentrée à la maison avec une bouteille de Miel. Lorsqu'elle a voulu en consommer, on a découvert qu'il y en avait juste pour 1 cm, tout le reste était du sucre condensé. La liste est longue et exhaustive, entre téléphones portables et bijoux volés, fausses parures, etc...

Cheikh : oui mais là tu verses dans la stigmatisation. Qu'est-ce qui vous prouve que ces agresseurs, receleurs et autres ne sont pas d'ici et n'ont absolument rien à voir avec les marchands ambulants ? J'ai refusé de participer à cette expédition punitive que je trouvais injustifiée. Il revenait encore une fois aux autorités de faire le job, mais comme d'habitude « diviser pour mieux régner ». On vous dresse les uns contre les autres et ça marche à tous les coups. Pourquoi ne pas diriger toute cette énergie contre vos élus locaux qui ne vous respectent pas ?

Babacar : pourquoi tu t'exclus ?
Cheikh : je n'ai jamais voté pour eux !

Babacar : ah ah voilà pourquoi tes belles idées n'ont aucun impact. La voix du citoyen, c'est sa carte d'électeur ; tu es inaudible mon frère.
Cheikh : peut-être bien ! Mais je ne vois pas l'intérêt de voter pour des gens en qui je n'ai aucune confiance. Sans programme, ils ne font que du saupoudrage. Et vous, au lieu de vous battre pour des principes, vous cédez au choix du moins pire pour éviter le pire. C'est un fatalisme loin de ma philosophie, chez moi l'abstention est aussi une voix. Si par contre je vois un mouvement crédible, avec des jeunes épris de justice et armés de la seule volonté de changer les choses pour le bien-être de tous, j'y adhérerais sans crier gare. Me connaissant, tu sais que je ne fais jamais les choses à moitié. Donc je soutiendrai corps et âme l'initiative que je trouve parfaitement noble et salutaire de nos frères.

Babacar : cela me rassure quelque part de te voir aussi engagé, car Iba, Jacques et Amina paraissent bien déterminés à aller jusqu'au bout. Et je trouve que ce serait une aubaine pour eux de t'avoir à

127

leur côté. Ce n'est pas pour te jeter des fleurs, mais j'envie cette foi en toi. Qu'on te le dise ou non, tout le monde ici, du moins ceux qui te connaissent réellement et c'est le plus important, te vouent un énorme respect. Pour le reste on ne peut empêcher les gens d'inventer des histoires s'ils n'ont rien d'autre à faire. On te fréquente parce qu'on t'estime bien, et tu as toujours démontré ta loyauté envers ta famille et tes amis d'enfance. Chose de plus en plus rare de nos jours. J'aurais pu mourir bêtement dans une embarcation de fortune pour l'Occident. Mais tu as su à l'époque me ramener à la raison. Tu as su trouver les mots justes pour me rapprocher de mon frère, à qui j'en voulais de ne pas me payer le visa pour aller le rejoindre.

C'est pourquoi j'ai voulu avoir le fond de ta pensée sur le sujet. T'inquiètes, je ferai le nécessaire le moment venu. Si notre destin est de vivre dans ce pays, nous devons faire en sorte qu'il soit radieux. Ce pays est aussi nôtre, et comme tu aimes bien le dire, nous n'avons pas le droit de le laisser aux mains des marchands d'illusions. Mais s'il te plaît, va récupérer ta carte d'électeur et dis-toi qu'un vote blanc est encore plus audible qu'une abstention. On a toujours un choix autre que le pire et le moins pire. Cheikh serra la main à son ami comme pour sceller un pacte. Martin et le reste de la bande venaient d'arriver. Cette fois, le débat allait être un peu plus sérieux. Ils parleraient de leur avenir commun, l'avenir de leur quartier qui impactait logiquement sur leur avenir personnel.

CHAP X

LE JOUR J !
« Si tu ne peux découvrir ta propre identité, tu seras prisonnier des fantasmes des autres, et toute ta vie tu te sentiras écrasé tel un écorché vif. »

Amina bien adossée côté fenêtre, casque sur les oreilles, semblait dominer sa phobie des avions. Elle n'aimait pas ce moyen de transport, mais n'avait pas trop le choix pour aller visiter sa famille. Ce voyage était différent. Elle tourna la tête pour inspecter un à un ses compagnons de voyage, Fred et Iba assis côte à côte discutaient à voix basse, Jacques les yeux rivés sur une tablette était concentré sur sa lecture, Modou la tête légèrement en arrière et les yeux fermés paraissait à des années-lumière de cet environnement.

Quelques heures plus tôt, ils s'étaient retrouvés dans le hall de l'aéroport comme convenu. Joyeux de partager ce moment avec Fred tout excité de s'embarquer dans ce qui était pour lui, une aventure humaine extraordinaire. Son baptême du feu comme il aimait dire, un pèlerinage. Il allait découvrir ce continent qui lui avait envoyé un de ses enfants. Cette rencontre a eu un impact positif sur lui, malgré les mises en garde, remarques et craintes de son entourage.

Grand Yves était venu les chercher pour faire le taxi, c'était un plaisir de déposer ses jeunes frères à l'aéroport. Iba eut un sentiment de fierté en le voyant au volant de cette voiture rutilante qu'il s'était offerte ; Grand Yves revivait, une renaissance salutaire ironisait-il. Au fil du temps il s'était reconstruit au sein d'un cocon qui ne faisait que le pousser à sortir le meilleur en lui, de nouveaux amis, un nouvel amour, de nouvelles opportunités en devenant directeur commercial et marketing. Sa bonne présentation, son contact facile et son expérience de la vie avaient poussé son patron à voir en lui un potentiel meneur d'hommes dans les affaires, comme il le fut sur les parquets. Il l'incita à suivre une formation dans ce domaine, et les débuts furent laborieux. Mais l'ancien sportif ne lâcha pas, il le prit comme un autre défi à relever.

Grand Yves en avait bavé dans la vie pour réussir dans le basket-ball professionnel, il avait vécu de beaux moments en tant que jeune homme riche, célèbre, séduisant et en parfaite santé pendant au moins une quinzaine d'années. Une gloire suivie d'une descente aux enfers, une chute libre qui ne s'arrêtera qu'avec l'entrée dans sa vie, d'un jeune étudiant sans domicile fixe. Son grand cœur avait vu quelque chose chez ce petit et la récompense fut à la hauteur de son geste. Pour une fois l'effet boomerang lui était favorable, Iba était reconnaissant, chose en laquelle il ne croyait plus.

Une fois dans le salon, il demanda à Fred et Iba de s'assoir pour une causette avant de prendre la route. Les deux amis s'exécutèrent face à son air sérieux qui imposait le respect à n'importe quel interlocuteur. Il caressa du regard l'appartement des deux amis, avant de revenir vers eux, les fixant d'un œil attendrissant qui en disait long. Lui aussi était fier d'avoir croisé le destin de ces jeunes gens.

- Je ne sais pas par où commencer, tellement j'ai à dire. Je remercie le ciel de m'avoir envoyé un ange à un moment où je m'étais résolu à déposer les armes pour la première fois de ma vie. Face aux assauts répétitifs et injustes de l'ingratitude, je m'étais presque résigné. Vous connaissez l'histoire de ma vie, alors je n'y reviendrai pas. J'ai entendu Iba plusieurs fois faire mon éloge auprès des autres, il m'a même décrit comme son sauveur, sa bouée de sauvetage dans ce pays.

C'est archi-faux, si je puis me permettre aujourd'hui cette expression. Jeune homme, tu m'as sauvé d'une noyade certaine, tu m'as sauvé la vie ! Je ne suis pas connu pour mes talents de laudateurs, mais je peux t'assurer une chose, où que tu sois, dans n'importe quelle situation, dis-toi que je suis à ton flanc prêt à t'apporter mon soutien indéfectible. En tant que ami, en tant que frère. Tu es un vrai ; alors pour rien au monde, ne change pas, reste comme tu es !

Fred, je n'étais pas là quand vous vous êtes rencontrés, mais je ne crois pas au hasard. Votre amitié est rare, car elle nourrit d'autres personnes à votre insu. Il ne s'agit pas de boire et de manger, mais de croire aux lendemains meilleurs, en se donnant les moyens d'y arriver. Et cet espoir est nourrissant, cet espoir est revigorant, cet espoir est simplement magnifique. Je sais qu'il t'a fallu plusieurs sacrifices pour entretenir cette amitié, mais dis-toi que cela en valait la peine. Au-delà d'Iba, tu as conquis nos cœurs ; tu as su gagner notre estime de par ta simplicité, de par ton naturel. Jeune homme, tu es l'un des nôtres. C'est tout ce que j'avais à vous dire.

L'émotion était palpable dans la pièce, même le mobilier semblait s'émouvoir de ces adieux. Iba qui avait la tête baissée et les yeux rivés sur la moquette pendant tout le récit de Grand Yves, refoula une larme et soupira profondément.

- Je ne sais quoi répondre à ces propos dithyrambiques, émanant d'une personne extraordinaire, un modèle d'humilité et d'ouverture d'esprit. Tu es à l'origine de tout, merci à toi mon grand du fond du cœur, et que Le Tout Puissant Tout Miséricordieux Continue de Veiller sur toi. Sois assuré de notre fidélité et de notre loyauté envers tes valeurs, tu seras toujours informé de toutes nos activités, en temps réel.

Fred sur un ton provocateur : moi tu m'auras encore dans les pattes pour très longtemps. J'ai juste 45 jours pour apporter ma modeste pierre à l'édifice. Ils éclatèrent de rire et l'ambiance fut un peu plus détendue. Sur la route de l'aéroport, Grand Yves leur prodigua une nouvelle fois des conseils sur le comportement à tenir une fois arrivés, car ce ne sera pas facile face à certaines catégories de personnes. Autant leurs intentions étaient nobles, autant cela pouvait déranger. Un système sert et nourrit toujours quelques-uns, même s'ils sont minoritaires. Alors décider de le combattre, c'est aussi combattre les intérêts de ces derniers. Ils se défendront, ils défendront leurs intérêts à n'importe quel prix. Yves l'Américain avait une certaine expérience de la vie, et Iba l'écoutait religieusement pendant que Fred assis derrière, se laissait par moment transporter par le son envoûtant de Woz.

Amina était fière d'avoir eu son mot à dire, d'avoir était actrice principale dans le tournage de ce film qui comme ils l'espéraient tous, aurait l'écho escompté à l'arrivée. L'estime qu'elle vouait à Jacques et Iba s'était non seulement accrue, mais elle avait appris à connaître et à apprécier Modou qui avait fait tomber la carapace. Elle découvrit un jeune homme drôle et sensible, qui en réalité se faisait passer pour un dur afin de masquer ce qu'il croyait être une faiblesse. Modou a eu un passé de jeune délinquant de cité, avec son corollaire de déboires qui lui imposait certaines règles.

Mais il avait surtout honte contrairement à certains de ses potes, de voir sa mère se lever du lundi au vendredi à 4H du matin pour aller faire son boulot de femme de ménage. Il fallait prendre le premier train, et passer dans tous les bureaux de cette grande entreprise où l'accès ne lui était même pas imaginable la journée. Le service devait être nickel avant 8H, et les membres du service commençaient à 9H ou 10H. Elle ne gagnait pas beaucoup, mais essayait de faire plaisir à ses enfants autant qu'elle le pouvait. Son fils s'était lourdement trompé en pensant que dealer pouvait résoudre la situation.

À sa sortie de prison après un séjour plus long que d'habitude, il s'était radicalisé sans trop comprendre ce qui lui arrivait. Sa rencontre avec Iba fut déterminante sur ses projets d'avenir. Il apprit à réfléchir par lui-même, à analyser, à être moins radical sur ses positions et cela lui permit de faire une formation avec l'appui d'Iba et Fred. Il retrouva le milieu professionnel, avec un look mieux adapté, ayant conscience que finalement « l'habit ne fait pas le moine ». Pourquoi ne pas tenter sa chance avec Amina ? Il trouvait maintenant en cette fille une personnalité et une classe rare, celle-là pourrait être la femme de sa vie.

Sa mère a plusieurs fois tenté de lui présenter des cousines, ce qu'il n'avait jamais accepté parce qu'il voulait choisir la future mère de ses enfants selon des critères bien précis. Le mariage était trop sérieux à ses yeux pour être arrangé de la sorte. Il s'en était déjà ouvert à Iba qui lui conseilla de rester naturel, car cette fille était de celles qui n'aimaient pas être influencées dans leur choix. Il n'interviendrait pas directement, mais ferait le nécessaire pour les rapprocher, c'était à Modou de faire le reste. Ce qui le motiva davantage à participer au voyage, pour non seulement revenir au pays de ses ancêtres avec plus de maturité et d'utilité, mais avec l'espoir de conquérir le cœur d'Amina...

Dans le ciel au-dessus de l'océan atlantique, Iba exténué par les préparatifs du voyage essayait de faire une petite sieste, mais Fred tout excité, tenait à discuter pour la énième fois des notes qu'il avait prises sur internet. Il lui avait assuré que son frère Babacar se ferait un plaisir de l'accompagner dans les contrées les plus lointaines du pays. C'était bien de s'engager pour une bonne cause, mais un peu de tourisme ne lui ferait pas de mal. Iba avait programmé son mariage dans les deux premières semaines de leur séjour, ensuite ils dérouleraient leur programme. Il était temps de se laisser passer la corde au cou. Ce n'est pas facile de survivre à une relation amoureuse à distance et pourtant c'est ce qu'il venait de faire pendant ces derniers mois.

Sa fiancée avait eu une belle opportunité pour rentrer au bercail, et il l'y avait encouragé. Parce que lui-même avait décidé de son retour depuis le début, il fallait juste se préparer en conséquence après les études. Travailler et mettre de l'argent de côté afin de monter un projet solide au pays. Avec Jacques, ils avaient l'intention d'investir dans l'agriculture et l'élevage. Mais parallèlement, il avait initié avec Fred la mise en place d'un centre de formation professionnelle. Sa volonté était de transmettre ses connaissances, mais surtout de permettre à la jeunesse locale désœuvrée, d'avoir la possibilité de découvrir les nouvelles technologies sans avoir à débourser une fortune.

Il avait trouvé avec l'aide de Fred et leurs connaissances, du matériel, beaucoup de matériels, pour des étudiants en informatique, électronique, électrotechnique, mécanique industrielle... On lui en avait offert, il en avait acheté toutes les fins du mois et s'arrangeait pour les envoyer sur Dakar par container. Ils avaient loué un box dans une zone pas trop éloignée de la capitale afin d'avoir des prix un peu plus abordables. Cela leur permit de planifier le projet plus sérieusement, avec une expertise locale qui s'occupait du volet administratif.

Son frère Babacar n'étant pas emballé au début, il avait jugé bon d'attendre que tout soit mis en place avant d'avoir une franche discussion avec lui. Aisha la fiancée d'Iba qui était sur place ces deux dernières années démontra des compétences insoupçonnées dans sa gestion, et respecta leur volonté de ne pas ébruiter l'affaire. Iba et elle s'étaient rencontrés chez Amina lors d'un de leurs fameux repas traditionnels. Cette dernière lui avait parlé de sa cousine étudiante dans le Nord. Elle ne tarissait pas d'éloges sur cette nymphe qui avait d'après elle la tête sur les épaules, et ferait certainement le bonheur d'un homme comme Iba qui fuyait toujours le débat. En bon célibataire endurci, les relations arrangées ne lui paraissaient pas crédibles, et il avait peur des répercussions si l'affaire venait à échouer.

Amina était une sœur pour lui, et il tenait à ce que rien ni personne ne vienne perturber leurs bons rapports. Le jour où il croisa Aisha dans l'ascenseur, son souffle fut coupé ; une bombe humaine se dit-il. La jeune fille portait une longue robe moulante qui caressait ses chevilles, un mélange d'un tissu traditionnel africain écarlate et de soie blanc qui mettait en valeur son teint marron clair. Ses 1,75 m sur des talons et un corps aux courbes qui renvoyait à l'image parfaite qu'un homme se fait d'une déesse de la beauté. Elle dégageait une classe, un air de diva face à Iba qui se tenait au fond de l'ascenseur, timide, l'auscultant du coin de l'œil de la tête au pied.

Ça changeait un peu de ces Africaines complètement dénaturées : perruques blondes ou tissage aux cheveux « naturels » qui défiaient toute logique. Des fois on se demande même, à première vue si elles ne venaient pas d'être débranchées d'une prise électrique à haute tension permanente. Un teint abîmé par les produits éclaircissants et cancérogènes qui fait penser aux terres arides du désert, ou noyé sous plusieurs couches de poudre et de fond de teint ; un visage transformé, avec une bouche doublée de volume et des yeux agrandis au crayon pastel. Sans parler de ces vêtements à la mode typiquement occidentaux qui n'allaient pas toujours avec leurs formes, des mini-jupes trop moulantes, des décolletés vertigineux qui soulignaient une certaine extravagance aux yeux des vertueux ; ou des paillettes aux reflets qui faisaient carrément penser à des torches vivantes.

Ces filles trop superficielles à son goût ne l'ont jamais attiré, il trouvait leurs atouts physiques artificiels, ce qui ne lui laissait donc présager rien de positif à l'intérieur. Il espérait que cette jolie étrangère de l'ascenseur soit l'une des copines d'Amina. Quel étage ? Troisième, merci ! Il la laissa sortir en premier par galanterie, mais ne put s'empêcher de contempler sa démarche gracieuse avec retenue. Elle venait de s'arrêter devant la porte d'Amina qui l'accueillit d'un sourire radieux, et elles se firent des embrassades comme des amies séparées depuis longtemps qui venaient enfin de se retrouver.

Iba, Aisha... Aisha, Iba ! Enchanté, Amina m'a dit que du bien de vous fit Iba, main tendue et sourire aux lèvres. Aisha qui était restée de marbre dans l'ascenseur, venait de lui décocher un sourire qui illuminait toute la pièce. Quand leurs regards s'étaient croisés, il avait perdu pied un court instant, comme happé par quelque chose de plus fort que sa réserve habituelle. Cette fille était envoûtante. Son parfum l'avait enivré dans l'ascenseur, l'odeur cuivrée des sous-bois, les fragrances de la liberté... Son esprit l'avait abandonné un court instant où il hésitait entre l'interpeller ou attendre de voir s'ils allaient au même endroit. Il avait finalement bien fait de ne pas essayer de lui parler dans l'ascenseur, le destin avait fait un meilleur choix.

Le fait d'avoir passé l'après-midi ensemble à débattre sur des sujets divers, de l'actualité locale ou internationale avait fait découvrir une autre facette de cette nymphe. Elle en avait dans la tête, Amina avait raison sur toute la ligne. C'était vraiment la femme de ses rêves : classe, grâce, bagage intellectuel, ouverture d'esprit tout en préservant les principes fondamentaux de sa culture et sa foi, en plus de sa beauté naturelle. Le cocktail parfait, pourvu simplement qu'il fasse le même effet sur elle. Sous prétexte qu'elle devait l'aider à préparer le dessert d'un « thiakry », mélange de couscous de mil avec du lait caillé et quelques ingrédients sucrés comme le raisin, la banane ou le coco, Amina s'était retrouvée avec Aisha seule dans la cuisine. Elle en profita pour essayer de lui tirer les vers du nez, qu'est-ce qu'elle pensait de son frère et ami ? Cette dernière ne se laissa pas faire, et lui répondit que « rien de spécial ». Iba semblait correct, intelligent et bien élevé, mais pour le reste il fallait apprendre à mieux connaître la personne. Sauf que cette période n'était pas propice aux histoires d'amour pour elle qui était en période d'examens, et qui avait besoin de concentration. Mais elle garderait quand même le contact de ce jeune homme qui était assez intéressant, et faisait même plus mature que ceux de son âge qu'elle connaissait.

Ainsi débuta une relation amicale téléphonique, des SMS, des échanges sur les réseaux sociaux... Tous les moyens étaient bons pour prendre des nouvelles de l'autre. Aisha vint plus souvent rendre visite à Amina, et Iba était invité à chaque fois pour partager ces moments. Il décida de l'inviter à une soirée classique, un live dans une petite salle parisienne d'un chanteur ami de Jacques, que Fred ne se lassait plus d'écouter à longueur de journée. Attablés non loin du podium avec Jacques et sa nouvelle conquête, ils furent transportés par les mélodies d'une voix suave et des sonorités qui continuèrent à résonner pendant longtemps dans la tête d'Aisha.

Elle avait apprécié l'ambiance, la musique, mais elle avait surtout apprécié l'attitude de Iba qui l'avait une fois de plus traitée avec beaucoup de respect. Ce garçon l'aimait d'un amour sincère, et elle aussi au fil du temps s'était rendue compte qu'il ne se passait pas un jour sans qu'ils s'enquirent des nouvelles de l'un et l'autre. Elle aussi éprouvait des sentiments à son égard, et les choses se firent naturellement. Ainsi débuta une autre belle histoire d'amour !

Jacques de son côté était penché sur leurs notes avec Iba et Amina. Tous les trois, ils se balançaient des réflexions par mails interposés et lui se chargeait de les enregistrer dans ses documents, pour en faire plus tard quelque chose de concis. Son meilleur ami avait décidé de rentrer définitivement, lui de rester une année qu'il voulait sabbatique en France pour se ressourcer et tâter le terrain. Il avait encore ses enfants qui vivaient avec leur mère et son CDI dans une grosse boîte. Son cas était différent de celui d'Iba et il avait besoin de plus de temps et de garanties. Son expérience avec ses compatriotes dans la diaspora n'a pas toujours été positive. Quelques années en arrière, il avait fait la connaissance d'un homme au discours engagé, qui l'avait convaincu d'investir en partenariat sur l'importation des produits africains en France.

Cet homme trouvait anormal comme presque tous les Africains que d'autres aient la main mise sur leurs produits. Ils en étaient réduits au rôle moins glorieux de consommateurs, à des prix choquant pour qui sait le coût réel en Afrique. Papis avait donc décidé d'agir, et semblait avoir pris toutes les dispositions nécessaires, documents à l'appui. Un projet très intéressant vu le nombre d'Africains vivant en occident, et qui dépensent une fortune pour manger leurs plats traditionnels. L'idée louable était d'aller vers un marché africain de produits exotiques, fruits de mer, poissons et boissons naturelles. Le transport, la douane, tout était déjà réglé selon Papis. Jacques confiant et ambitieux présenta ce compatriote à Iba qui succomba aussi à ses belles paroles, tant il les accompagnait de versets et prétendait appartenir à une famille religieuse sénégalaise. Certes, les deux amis n'étaient pas naïfs, mais certaines personnes réussissent toujours à vous entourlouper, au moment où vous vous y attendez le moins, à fortiori quand vous êtes de bonne foi.

Cet individu venait de le rouler dans la farine, en disparaissant avec l'argent qu'il avait déposé dans le compte de la société en tant que partenaire. Une somme conséquente qu'il avait mis beaucoup de temps à mettre de côté, et qui pouvait résoudre tellement de problèmes. Lui qui était un soutien de famille et qui avait tellement de bouches à nourrir, en était retourné. Comment expliquer ce geste bas qui venait de tuer l'œuf dans la poule, d'autant plus que ce projet aurait pu non seulement leur permettre de faire travailler des jeunes aux pays, mais même en occident, tout en leur garantissant des revenus intéressants. Las de tomber sur la boîte vocale du malfrat au col blanc, il alla déposer plainte. La procédure fut longue, mais il fut rétabli dans ses droits, et l'imposteur jeté en prison pendant quelques mois. Cette aventure l'avait rendu plus regardant dans les affaires ; quoi de plus normal quand on a un tant soit peu de jugeote.

Maintenant, ils étaient dans un avion vers la terre mère, même si des gens qui les connaissaient bien, leur avaient conseillé de ne pas se lancer dans cette aventure scabreuse. Une perte de temps et d'énergie leur avait-on prophétisé. Un des oncles d'Iba qui eut vent de l'affaire par le biais de Babacar était monté au créneau, pour un rappel à l'ordre. Il voulut d'abord en avoir le cœur net et demanda à son neveu de l'appeler. La mère d'Iba n'était pas encore mise au parfum du véritable projet de son rejeton. Ce dernier avait décidé de lui en parler une fois sur place.

Pour l'instant il venait en vacances pour se marier, donc cet oncle voulait simplement l'interpeller sur l'organisation de l'événement. Sa surprise fut de taille quand celui-ci après les salamalecs, l'attaqua sur son supposé manque de discernement. Il ne comprenait pas qu'après avoir fui la misère, l'on puisse imaginer ne serait-ce qu'un court instant, risquer volontairement d'y sombrer de nouveau. Il était inacceptable, qu'après tous les sacrifices consentis par sa mère, de penser revenir pour tenter une aventure qui de toute manière était vouée à l'échec. Qu'est-ce qui lui était monté à la tête au point de s'ériger en bon samaritain, là où tout le monde avait besoin de s'en sortir ?

Iba dans un calme olympien, lui avait répondu qu'il ne s'était jamais vu en Messie, mais voulait rendre à son quartier natal et à son pays ce qu'ils lui avaient donné. Retourner indépendant aux côtés de sa maman était aussi une façon de la remercier pour tous ses efforts, de rattraper le temps perdu, et surtout de profiter des moments qui leur restaient à partager. Il n'était pas prétentieux au point de penser que la solution devait venir de lui et de ses amis, mais croyait fermement qu'ils pouvaient contribuer à quelque chose. Babacar, Cheikh, Martin et tous les jeunes restés au pays avaient leur destin entre leurs mains, c'était à eux de se lever pour changer les choses. Lui avait déjà son projet personnel, et un bagage susceptible de construire son avenir.

Il avait trouvé un boulot depuis des mois, après avoir négocié son salaire et certaines conditions qui lui faciliteraient mieux l'adaptation professionnelle. Car s'il était parti étudiant, là il revenait comme ingénieur expérimenté en Occident mais qui n'avait encore jamais travaillé dans son pays natal. Son oncle finit par mieux comprendre sa démarche, et lui prodigua quelques conseils supplémentaires, tout en restant radical sur l'intérêt particulier d'un engagement citoyen ou politique.
La politique est faite pour les hommes capables de trahir leur parole, leurs amis, leurs alliés... Des vautours capables de sucer le sang du peuple, de vendre leur âme au diable. « Ce n'est pas pour toi mon neveu, occupe-toi de ta famille et de ton travail, le reste tu le laisses entre les mains du Créateur, lui avait-il confié ». Iba le rassura sur sa volonté de rester lui-même et de ne s'engager que

pour soutenir les initiatives louables, au profit de la localité et du pays. C'est la somme de toutes les localités qui constituent notre Nation, alors l'éclosion de chaque localité contribue au développement du pays.

Le groupe devait produire un diagnostic sur le Sénégal, sans tabou. Un cahier de route qui leur permettrait d'avoir un support de travail sur la conscience citoyenne, en essayant de donner leur avis sur les sujets de société. Mais pour l'instant il ne fallait pas tomber dans le piège de l'approche intellectuelle introvertie au discours soporifique, ennuyeux à souhait parce que complètement décalé de la réalité locale.

Jacques essayait de faire une synthèse afin d'agencer plus tard ce document qui devait clairement justifier leur volonté de s'engager aux côtés de leurs frères et sœurs. Mais pour l'instant ce n'était qu'un long brouillon, débridé et filandreux :

- Il est plus qu'évident que l'on subit la politique en tant que spectateur de la chose publique. D'autres individus, tortueux ou vertueux décident à notre place et nous sommes tenus de respecter nos choix, car le silence est aussi une contribution, trop souvent même complice. La violence morale que subit le bas peuple ne s'arrêtera jamais avec des incantations et prédications. Aussi farfelues les unes que les autres, elles traduisent quelques fois une certaine forme de lâcheté.

La réalité est que toute situation chaotique qui touche une certaine classe de la société, profite naturellement à une autre qui tire les ficelles. Et il arrivera ce moment fatidique où la rupture devient inévitable. Soit on baisse les bras en se larmoyant quotidiennement sous le manteau frileux de la victimisation, parfois derrière le rideau transparent de la volonté divine ; soit nous nous rebiffons et prenons nos responsabilités en tant qu'êtres humains et acteurs du devenir de nos descendants.

- L'homme providentiel n'existe pas, seule une union des cœurs et des esprits arrivera à prendre le dessus sur l'injustice sociale, instaurée un peu partout à travers le monde et particulièrement chez nous en Afrique, par une catégorie de personnes qui n'a pour arme que la désunion de la masse, ces innombrables victimes qui se trompent trop souvent d'ennemis.

Il est temps de poser les premiers jalons avec la sensibilisation et l'écoute citoyenne, une première étape vers un combat qui sera rude, mais nécessaire, afin de pouvoir se regarder devant la glace plus tard, avec la fierté d'avoir eu au moins l'audace d'essayer. La volonté de contribuer à une amélioration, un changement positif doit être traduit en actes concrets. Joindre des actes aux belles paroles serait déjà un bon début.

- Comme bon nombre de nos compatriotes, nous ne sommes pas adeptes des beaux discours politiciens, mielleux au point de nier une réalité aussi parlante que le Sénégal a besoin d'un formatage institutionnel. Où sont passés les assises nationales et leurs signataires ?

L'éternel problème avec nos gouvernants, est qu'ils se prélassent sur un trône imaginaire une fois arrivés au sommet. Alors que c'est là où il devrait redoubler d'efforts par respect du peuple qui les a honorés en leur confiant sa destinée. Concrétiser les promesses électorales, dérouler un programme porteur d'espoir et arrêter le « yaata yimbé », cette forfanterie qui conforte ce marasme économique récurrent. L'arrogance du pouvoir engendre le non-respect des institutions.

Le dénoncer ne signifie pas forcément soutenir un comportement incivique, mais se taire c'est contribuer à la félonie découlant de l'oligarchie qui gangrène nos états. La politique politicienne consume à petit feu, ce que nous avons de plus cher parce que construit depuis des générations : la paix sociétale ! Et pour préserver cette paix sociétale, il faut s'appuyer sur nos propres valeurs culturelles, morales et religieuses.

- S'il y a une chose que nous devons copier sur l'occident au jour d'aujourd'hui, c'est son pragmatisme et le fait de s'assumer. Le vocable a son importance, et nier la réalité fait que nous nous enfonçons depuis plusieurs décennies en cherchant des solutions loin de nos maux. Nos discours sur le « vivre ensemble » et le refus de « la division » sonnent souvent comme une négation d'une société diversifiée mais pas divisée. Nous n'avons pas le droit de sortir les mots de leur contexte, les communautés existent chez nous, comme les ethnies et les confréries. « La communauté est le caractère de ce qui est commun à plusieurs personnes », alors où est la dichotomie ? Puisque le communautarisme découle de ce que nous faisons de notre communauté.

Il ne s'agit pas de copier un pragmatisme occidental suicidaire comme semblent le décrire, tous ceux qui pointent du doigt la crise économique qui sévit en Occident, mais un réalisme qui mettrait en place des institutions assez fortes, dans un état souverain. Nos argumentaires sont loin de l'idée sournoise d'une dichotomie, puisqu'une mentalité lointaine de nos valeurs culturelles et morales sénégalaises, mais un simple diagnostic de notre société. Alors parlons du pragmatisme dans le professionnalisme, loin des clichés. Car si l'occident est au bord du gouffre social, nous qui prenons des embarcations de fortune au péril de nos vies, sommes bien assis au fin fond de ce gouffre.

- Notre diversité sera valorisée lorsqu'elle sera gérée avec nos propres réalités. On ne peut constamment crier au diable quand il s'agit de l'occident alors que pour diriger notre pays il faut impérativement être un produit de l'école occidentale. Ce serait insensé de le dénoncer, et pourtant c'est l'une de nos tares. Voilà peut-être une mode encrée chez nous, qui nous a maintenus dans la servitude, dans la complaisance et le complexe face à l'occident. Non, nous ne sommes pas fiers de ce que nous sommes, mais fiers de ce que les autres ont fait de nous. Le peuple sénégalais et le peuple français ont eu un parcours historique commun de plusieurs siècles, qui fait qu'aujourd'hui nous échangeons en français bien qu'étant sénégalais.

Même notre hymne national est en français, une des facettes du « vivre ensemble » que nos ancêtres ne nous ont certainement pas léguées. Combien de sénégalais accepteraient aujourd'hui que « niani bagn na » ou n'importe quelle autre chanson traditionnelle glorieuse dans une langue nationale, remplace l'hymne actuel ? Autant de questions sans réponse, pour éviter de froisser notre « bon vivre ensemble ». La prise de conscience de notre jeunesse est cruciale, mais de quelle conscience parle-t-on ?

Notre histoire c'est notre passé qui a engendré notre identité actuelle. Ceux qui s'entretuaient sur l'air de « niani » se sont transformés en cousins. Ce qui pouvait déclencher des guerres, peut aujourd'hui soulever l'hilarité sur fond de cousinage. Le cousinage ethnique est l'un de nos meilleurs atouts pour garantir le bon vivre ensemble. Assumer son histoire, c'est aussi assumer son identité propre. Qu'est-ce qui nous empêche d'avoir un hymne glorieux dans une langue nationale ?

- Nous avons des richesses naturelles, et la possibilité de développer une économie inter africaine, avec en première position nos voisins, les deux Guinée, le Mali, la Mauritanie, la Côte-d'Ivoire, la Gambie... En commençant par sécuriser nos frontières, construire nos routes, mettre en place un réseau ferroviaire respectable, revaloriser notre port et surtout que la préférence soit le consommé local. Nous avons des milliers d'hectares de terres qui ne demandent qu'à être exploitées. Le comble de l'ironie est que nos poissons, nos fruits et légumes, on les achète en occident dans des boutiques asiatiques. Nos ancêtres avec peu de moyens, réussissaient à transformer leurs fruits en jus naturels. Petits, on raffolait tous de ces fruits qui deviennent de plus en plus difficiles à trouver : « mad, mangue, papaye, orange, melon, corossol, goyave, bissap, kinkéliba, tamarin, gingembre, bouy (pin de singe), lung, ndiir, néw, ditakh, solom, sump, noix de cola, cerise, citron, guerté toubab, jujupe, konkorong... »

- Nous sommes le peuple de Yacine Boubou, le peuple de Aline Sitoë, le peuple de Lat Dior, le peuple de El hadj Omar, le peuple de Bour Sine, et d'autres aïeuls qui pouvaient être païens, religieux musulmans ou catholiques, mais les valeurs étaient les mêmes. Nous sommes nés avec le cardinal Thiandoum qui passait parfois ses après-midis chez Serigne Abdou Aziz Dabakh dignitaire et guide religieux musulman, c'est cela le Sénégal. Certains jouent sur les mots et crient au pyromane à chaque fois que des sujets comme la laïcité sont soulevés, au nom du « bon vivre ensemble ». La peur est un moyen de nous maintenir à un certain niveau, elle fait fuir le débat, elle freine l'aspiration au changement, parfois à l'élévation. Les temps changent, les choses évoluent avec les mentalités. Raconter l'histoire de Nder où la captivité humaine n'a jamais poussé les descendants des victimes à honnir les descendants des bourreaux, mais réveille un profond sentiment de fierté, un hymne à la résistance. Il y a un fossé énorme entre « vendanger » notre histoire et éviter de sombrer dans l'utopie d'un bon « vivre ensemble ».

Mais ceci ne devrait en aucun cas, occulter la réalité de nos maux. Autant les croyances, les personnalités des Sénégalais sont différentes, autant les membres d'une même famille ont des caractères différents. La preuve, le conflit casamançais qui perdure depuis des décennies, nos deux et même quelques fois trois croissants lunaires normalisés, « Korité et Tabaski », sans oublier que certains citoyens ont taxé un président de népotisme, de favoritisme confrérique ou communautaire. Son successeur s'est vu ouvertement accuser de favoriser l'ethnocentrisme et le népotisme. C'est peut-être qu'il y a un réel problème qui couve dans notre « bon vivre ensemble », mais ce débat est d'un niveau tellement bas que nous risquons de passer devant l'essentiel : la compétence quelle que soient les origines d'une personne.

Les femmes et les hommes qu'il faut, à la place qu'il faut. Tout un chacun est libre d'adhérer à une idéologie, mais ceux qui détiennent le pouvoir ont les manettes, le destin du peuple entre leurs mains. Nous avons besoin de députés du peuple, syndicalistes, journalistes, enseignants, intellectuels de bonne foi, susceptibles de conscientiser la population. En Occident, des lycéens sont capables de sortir dans la rue pour un projet de loi sur le travail, qui doit être voté à l'Assemblée nationale.

- La réponse pourrait venir du fait que le Sénégal est un pays où l'homme politique est automatiquement décrit comme un manipulateur, véreux, qui ne s'occupe que de son entourage. Alors inconsciemment, on légitime un comportement sectaire qui dessert la population dans sa large majorité. Un homme d'État doit être conscient de sa responsabilité en tant qu'employé du peuple, et de son rôle vis-à-vis de ce peuple diversifié qui l'a choisi non pour ses origines, encore moins pour sa foi religieuse, mais uniquement pour sa capacité à mener le navire à bon port. Il leur a vendu un rêve, alors qu'il essaie au moins d'entretenir l'espoir en s'activant à la tâche, aussi ardue soit-elle. Nous avons dans ce pays des femmes et des hommes intègres, capables de réaliser ce Sénégal utopique où il fait véritablement bon de vivre ensemble. Cette belle société sénégalaise, presque parfaite dont nous rêvons tous et qui ne demande qu'à être réalisée, dans un pays qui attend l'émergence depuis son « indépendance ».

- Il est possible de redonner à l'école publique son statut d'ascenseur social d'antan. En formant la jeunesse, on élève le niveau de la population. Revaloriser l'enseignement professionnel, est une nécessité. Encadrer les « daaras » pour combattre avec efficacité le chômage et l'avènement des marchands ambulants, est vital. Mettre en exergue la formation professionnelle en récupérant systématiquement tous les jeunes que l'éducation nationale abandonne en cours de route et les former à des métiers d'avenir, est une urgence nationale. « Mieux vaut prévenir que guérir ». Le débat doit être axé sur des bilans et projets pour sortir le pays de son marasme quotidien.

- Quand l'actualité est sportive (lutte ou foot), on a des millions d'experts. Quand il s'agit de politique et de justice comme à l'état actuel des choses, on devient tous experts en la matière. Mais c'est lorsque nous déciderons de nous mettre au travail, en imposant à nos dirigeants une ligne de conduite honorable que le pays prendra enfin son envol. C'est au peuple de s'insurger contre ces débats redondants, soporifiques qu'on lui sert à longueur de semaine, et qui ne font que le tirer vers le bas.

- On ne peut pas se permettre de réduire avec frivolité, un peuple entier à une sélection d'individus, fussent-ils sportifs ou intellectuels. Au demeurant qui passent leur temps à dénigrer leur peuple, leur pays, où leur continent sur les réseaux sociaux, nous leur répondrons qu'à chacun ses responsabilités. Ils gagneraient à préserver leur dignité et à rester fiers dans n'importe quelle circonstance, au lieu de se laisser aller dans des élucubrations farfelues, qui demain leur reviendront sûrement comme un boomerang. Tendre la verge pour se faire battre. Il n'y a pas pire ignorant que celui qui ignore sa propre histoire...

- C'est vraiment dommage qu'une idée comme celle des députés de la diaspora puisse faire languir autant un débat sur le rôle qu'auraient pu jouer les Sénégalais de l'extérieur, en tant que citoyens et acteurs de développement. Des hommes et des femmes qui certes envoient des milliards à leurs familles, paient des frais, des taxes en tout genre, etc., et qui ont effectivement besoin d'une certaine représentativité dans les sphères de décisions, mais est-ce sous cette forme-là ? Une goutte d'eau dans l'océan, alors que ceux qui sont censés être représentés clament haut et fort leur diversité comme leurs divergences. Comment vouloir représenter des individus qui non seulement ont des visions politiques différentes, mais constituent une diversité jusque dans la manière de voir un mouvement associatif ?

Le gap est énorme entre l'immigré qui rêve, qui pense ou qui projette de revenir au bercail et celui qui décide de vivre définitivement dans son pays d'accueil. Entre celui qui est venu chercher des moyens d'assurer sa subsistance, qui n'a aucune formation professionnelle, qui a même des difficultés de langues, qui rêvent d'avoir un titre de séjour puis la nationalité du pays d'accueil, contrairement à l'intellectuel diplômé qui lui a le choix. Le choix de la boîte, le choix du pays, et à qui on propose souvent la nationalité pour le ferrer davantage. Entre l'étudiant qui a la bourse et celui qui ne l'a pas, entre ceux qui sont enfermés dans une bulle ethnocentrique, communautariste, confrérique et les autres qui prônent l'unité.

Il faut un débat profond, autour d'un idéal commun, et ceci ne pourra se faire qu'avec une bonne volonté manifeste des intellectuels de la diaspora. Intellectuels dans le sens de la maturité, de l'expérience, de l'engagement, de la sincérité et non seulement d'un parcours scolaire occidental. Les plus grands intellectuels sénégalais qui ont produit des œuvres littéraires par centaines, qui sont le plus lus et suivis, l'ont fait en langue arabe. De Touba au Fouta, en passant par Tivaouane, Kaolack, Casamance et toutes les autres contrées du Sénégal. Ils ne comprenaient aucune langue occidentale. Et le grand Kocc Barma philosophait en wolof.

Commencer par nous décomplexer serait un bon début avant d'aspirer à un changement de mentalité, avant de parler conscientisation. D'une part arrêter de croire que la simple maîtrise d'une langue étrangère pourrait nous rendre supérieurs à notre frère ou sœur qui ne parle que les langues nationales de notre pays. D'autre part arrêter de se méfier du citadin ou de s'attarder sur l'appartenance ethnique d'une personne... Mais surtout arrêter l'imposture : de parler au nom d'individus sans être mandaté au préalable, de s'autoriser à faire des listes pour représenter des individus sans leur accord, de chercher à s'en sortir sur le dos de ses concitoyens, ou de prendre exemple sur des mouvements citoyens, politiques occidentaux qui eux vivent et se battent dans leur propre pays avec l'appui de leur société civile et syndicats...

Le juste combat doit être orienté dans un premier temps vers une contribution au développement dans divers secteurs, dont la jeunesse de notre pays pourrait bien profiter. L'enseignement technique et professionnel, l'agriculture, l'élevage... Mais il faudrait d'abord s'évertuer à l'organisation d'une diaspora forte parce qu'unie. Et cela ne pourrait se faire sans l'appui de nos consulats et ambassades à travers le monde, de manière inclusive, depuis l'Afrique où elle est omniprésente. Pourquoi ne pas exiger dans nos consulats et ambassades, des diplomates neutres, qui ne seront pas forcément des membres du parti au pouvoir comme nous avons l'habitude de le voir ? De véritables agents de l'État qui sauront représenter dignement l'intérêt de tout citoyen sénégalais vivant à l'étranger, mieux qu'un député quelconque dans une assemblée nationale au service du pouvoir en place, toujours en majorité absolue...

Fred lui s'amusait à retenir les noms de sites à visiter sur Dakar et ses environs, si possible toute l'étendue du pays, de l'est à l'ouest et du nord au sud. Direction l'île de Gorée tout près de Dakar face à l'océan atlantique, elle abrite la Maison des Esclaves, un édifice historique qui date de 1776... Le lac Rose, dont le vrai nom est lac Retba... Le parc national du delta du Saloum... Le parc national du

Niokolo-Koba... Le parc national des oiseaux du Djoudj... Les Îles-de-la-Madeleine... La Réserve de Guembeul... Le Musée Théodore-Mond d'art africain... L'île de Ngor... La grande Mosquée de Dakar... Les Mamelles... Le monument de la Renaissance africaine...

Iba : tu sais, je n'ai jamais mis les pieds dans plusieurs des sites que tu as cités et pourtant je suis né et j'ai grandi dans ce pays. Mais je t'ai coupé la parole à cause de ce monument qui nous a coûté des milliards. Je trouve exagéré que l'on puisse mettre autant d'argent sur un monument, même si j'adore la culture. On aurait pu investir dans ce secteur où les artistes, créateurs, musiciens, peintres, écrivains et compagnie ne sont pas toujours dans de bonnes dispositions. La meilleure façon de développer l'art et la culture qui est la vitrine d'un pays, c'est de mettre en place une organisation qui permette de valoriser la chose, en y mettant les moyens nécessaires. Un ministère avec un budget conséquent, composé de femmes et d'hommes de culture qui seront à l'aise parce que passionnés et désintéressés.

Fred : tu m'as déjà vu jouer au touriste chez moi ? Sinon je suis d'accord avec toi, l'art aux artistes, ah ah ah...tchek !

Amina qui appréhendait l'atterrissage, préféra se concentrer sur un film qui l'avait marqué et dont elle ne se lassait plus. Anticipant même, les dialogues qu'elle connaissait par cœur. Elle avait retenu entre autres cette citation couchée sur un tableau, dans son salon : « Si tu ne peux découvrir ta propre identité, tu seras prisonnier des fantasmes des autres, et toute ta vie tu te sentiras écrasé tel un écorché vif ».

Jacques plus que jamais concentré, finissait sa lecture. Lui qui avait un regard plus politique de la chose, avait commencé à rédiger un texte qui le projetait déjà vers un engagement politique :

- Notre mouvement est un facteur de renouveau à l'origine d'une dynamique citoyenne !

Il n'est pas donné à n'importe qui cette grandeur d'âme qui peut faire d'un citoyen, le représentant de toute une communauté. Ainsi nous pensons que l'homme providentiel n'existe pas, c'est l'union qui fait la force. Mais en toute lucidité, l'unité ne se décrète pas, elle se crée. Notre philosophie est d'exiger et de donner plus de nous-mêmes avant d'interpeller les autres. Notre temps, notre énergie, nos moyens... avant de demander aux autres, leurs idées, leurs talents, leur engagement... leurs moyens... pour ensemble, construire dans l'union et la fraternité, quelque chose de concret. L'ambition est commune : rebiquer le Sénégal en commençant par notre localité, afin de contribuer à l'émergence de l'Afrique. La prise de conscience est nécessaire, sauf qu'il ne sert à rien de s'exprimer avec pompe et affectation quand au fond tout n'est que néant et abîme. L'important n'est pas l'apparence mais ce qui est en nous, pas le sensible mais l'intelligible. Car le peuple n'est pas dupe ! Quand le destin de toute une Nation se joue, le combat dépasse un homme, un parti politique, une confrérie ou une ethnie. Cela concerne tous les enfants du Sénégal, de l'est à l'ouest, du nord au sud en passant par la diaspora.

N'oublions pas que tout grand projet de l'humanité était dû à de l'utopie réalisée. Évitons simplement d'avaler avec frénésie les fantasmes des utopistes, car le possible est là et à notre portée. Le « pourquoi pas » des ambitieux, à la place du « à quoi bon » des pessimistes. Un combat citoyen tend à devenir l'apanage de tous les démocrates intègres épris de justice et de bonne gouvernance mais ce serait se tromper que de l'appréhender sous le prisme de nos dogmes. Nous sommes convaincus que c'est la somme de tous nos biens qui guérira le malade Sénégal et rien d'autre. Car il y a du bon en chacun de nous.

C'est une lapalissade que de dire, que nos dirigeants depuis l'indépendance n'ont fait que tirer le Sénégal vers les bas-fonds de la précarité. Il est plus que temps de réajuster le socle de nos valeurs morales, avec des femmes, des hommes ambitieux mais désintéressés et intègres.

Le spectacle désolant et désobligeant d'incompétents, de caciques, vieux briscards et autres parvenus qui vivent de la politique politicienne, en s'arc-boutant au pouvoir, ou en cherchant à y revenir perpétuellement pour un confort illusoire, comme un noyé s'accroche à une bouée de sauvetage. On ne les entend qu'à travers des querelles fratricides et autres activités découlant de calculs politiciens, à peine voilés. Et lorsqu'il s'agit de faire des propositions à défaut de donner des solutions, il n'y a plus personne. Même si notre humanisme nous pousse à croire qu'il y a moyen de les récupérer, la situation actuelle nous démontre qu'avec ces gens-là, il n'y a aucune issue heureuse. Alors oui pour éradiquer la corruption afin de rétablir nos véritables valeurs !

L'atterrissage se déroula sans incident. Ils passèrent le contrôle de la police ensuite la douane et durent un peu prendre leur mal en patience, mais tout était OK! Jacques devant, faisait rouler sa valise et déclinait gentiment les propositions d'individus qui leur proposaient un charriot, qui un taxi ou carrément un « clando » taxi officiellement illégal. Mais Babacar, Martin, Cheikh et le frère d'Amina étaient là... Ils se jetèrent dans les bras les uns les autres, s'embrassèrent et se tapotèrent allègrement. La belle émotion des retrouvailles ; oh qu'il faisait bon de se retrouver sur cette terre maternelle, cette chaleur humaine que l'on ressentait jusque dans l'air. Ils étaient chez eux, et leur ami Fred se sentait déjà chez lui...

Oui, demain sera un autre jour... Demain, une autre Afrique

TABLE DES MATIERES